LE NEVEU DE RAMEAU

PRÉSENTATION

Récit dialogué de Denis Diderot (1713-1784), commencé vers 1761. Plusieurs fois remanié, il fut publié d'après une copie autographe par G. Monval à Paris chez Plon-Nourrit en 1891.

Avant cette date, le texte n'était connu que par une traduction de Goethe (1805), elle-même retraduite en français (1821); puis par une copie autographe, mais défigurée par des interventions de la fille de Diderot, Mme de Vandeul (1823); enfin par les éditions, sensiblement plus fidèles, d'Assézat (1875) et de Tourneux (1884). Le sous-titre de l'oeuvre est *Satire seconde* parce qu'elle vient après la *Satire première* sur les caractères et les mots de caractère. Étant donné sa forme, on peut entendre le terme de satire dans son sens antique de pot-pourri de libres propos; mais il est possible aussi de le comprendre dans son acception actuelle de critique mordante de moeurs ou de personnes, puisque le *Neveu de Rameau* est à l'origine une réaction contre les antiphilosophes, spécialement Palissot, qui en 1760 avait ridiculisé Diderot et ses amis dans la comédie les Philosophes. LE NEVEU DE RAMEAU

Vertumnis, quotquot sunt, natus iniquis (Horat., Lib. II, Satyr. VII)

Qu'il fasse beau, qu'il fasse laid, c'est mon habitude d'aller sur les cinq heures du soir me promener au Palais-Royal. C'est moi qu'on voit, toujours seul, rêvant sur le banc d'Argenson. Je m'entretiens avec moi-même de politique, d'amour, de goût ou de philosophie. J'abandonne mon esprit à tout son libertinage. Je le laisse maître de suivre la première idée sage ou folle qui se présente, comme on voit dans l'allée de Foy nos jeunes dissolus marcher sur les pas d'une courtisane à l'air éventé, au visage riant, à l'oeil vif, au nez retroussé, quitter celle-ci pour une autre, les attaquant toutes et ne s'attachant à aucune. Mes pensées, ce sont mes catins. Si le temps est trop froid, ou trop pluvieux, je me réfugie au café de la Régence; là je m'amuse à voir jouer aux échecs. Paris est l'endroit du monde, et le café de la Régence est l'endroit de Paris où l'on joue le mieux à ce jeu. C'est chez Rey que font assaut Légal le profond, Philidor le subtil, le solide Mayot, qu'on voit les coups les plus surprenants, et qu'on entend les plus mauvais propos; car si l'on peut être homme d'esprit et grand joueur d'échecs, comme Légal; on peut être aussi un grand joueur d'échecs, et un sot, comme Foubert et Mayot. Un après-dîner, j'étais là, regardant beaucoup, parlant peu, et écoutant le moins que je pouvais; lorsque je fus abordé par un des plus bizarres personnages de ce pays où Dieu n'en a pas laissé manquer. C'est un composé de hauteur et de bassesse, de bon sens et de déraison. Il faut que les notions de l'honnête et du déshonnête soient bien étrangement brouillées dans sa tête; car il montre ce que la nature lui a donné de bonnes qualités, sans ostentation, et ce qu'il en a reçu de mauvaises, sans pudeur. Au reste il est doué d'une organisation forte, d'une chaleur d'imagination singulière, et d'une vigueur de poumons peu commune. Si vous le rencontrez jamais et que son originalité ne vous arrête pas; ou vous mettrez vos doigts dans vos oreilles, ou vous vous enfuirez. Dieux, quels terribles poumons. Rien ne dissemble plus de lui que lui-même. Quelquefois, il est maigre et hâve, comme un malade au dernier degré de la consomption; on compterait ses dents à travers ses joues. On dirait qu'il a passé plusieurs jours sans manger, ou qu'il sort de la Trappe. Le mois suivant, il est gras et replet, comme s'il n'avait pas quitté la table d'un financier, ou qu'il eût été renfermé dans un couvent de Bernardins. Aujourd'hui, en linge sale, en culotte déchirée, couvert de lambeaux, presque sans souliers, il va la tête basse, il se dérobe, on serait tenté de l'appeler, pour lui donner l'aumône. Demain, poudré, chaussé, frisé, bien vêtu, il marche la tête haute, il se montre et vous le prendriez au peu prés pour un honnête homme. Il vit au jour la journée. Triste ou gai, selon les circonstances. Son premier soin, le matin, quand il est levé, est de savoir où il dînera; après dîner, il pense où il ira souper. La nuit amène aussi son inquiétude. Ou il regagne, à pied, un petit grenier qu'il habite, à moins que l'hôtesse ennuyée d'attendre son loyer, ne lui en ait redemandé la clef; ou il se rabat dans une taverne du faubourg où il attend le jour, entre un morceau de pain et un pot de bière. Quand il n'a pas six sols dans sa poche, ce qui lui arrive quelquefois, il a recours soit à un fiacre de ses amis, soit au cocher d'un grand seigneur qui lui donne un lit sur de la paille, à côté de ses chevaux. Le matin, il a encore une partie de son matelas dans ses cheveux. Si la saison est douce, il arpente toute la nuit, le Cours ou les Champs-Élysées. Il reparaît avec le jour, à la ville, habillé de la veille pour le lendemain, et du lendemain quelquefois pour le reste de la semaine. Je n'estime pas ces originaux-là. D'autres en font leurs connaissances familières, même leurs amis. Ils m'arrêtent une fois l'an, quand je les rencontre, parce que leur caractère tranche avec celui des autres, et qu'ils rompent cette fastidieuse uniformité que notre éducation, nos conventions de société, nos bienséances d'usage ont introduite. S'il en paraît un dans une compagnie; c'est un grain de levain qui fermente qui restitue à chacun une portion de son individualité naturelle. Il secoue, il agite; il fait approuver ou blâmer; il fait sortir la vérité; il fait connaître les gens de bien; il démasque les coquins; c'est alors que l'homme de bon sens écoute, et démêle son monde. Je connaissais celui-ci de longue main. Il fréquentait dans une maison dont son talent lui avait ouvert la porte. Il y avait une fille unique. Il jurait au père et à la mère qu'il épouserait leur fille. Ceux-ci haussaient les épaules, lui riaient au nez; lui disaient qu'il était fou, et je vis le moment que la chose était faite. Il m'empruntait quelques écus que je lui donnais. Il s'était introduit, je ne sais comment, dans quelques maisons honnêtes, où il avait son couvert, mais à la condition qu'il ne parlerait pas, sans en avoir obtenu la permission. Il se taisait, et mangeait de rage. Il était excellent à voir dans cette contrainte. S'il lui prenait envie de manquer au traité, et qu'il ouvrit la bouche; au premier mot, tous les convives s'écriaient, ô Rameau! Alors la fureur étincelait dans ses yeux, et il se remettait à manger avec plus de rage. Vous étiez curieux de savoir le nom de l'homme, et vous le savez.

C'est le neveu de ce musicien célèbre qui nous a délivrés du plain-chant de Lulli que nous psalmodions depuis plus de cent ans; qui a tant écrit de visions inintelligibles et de vérités apocalyptiques sur la théorie de la musique, où ni lui ni personne n'entendit jamais rien, et de qui nous avons un certain nombre d'opéras où il y a de l'harmonie, des bouts de chants, des idées décousues, du fracas, des vols, des triomphes, des lances, des gloires, des murmures, des victoires à perte d'haleine; des airs de danse qui dureront éternellement, et qui, après avoir enterré le Florentin sera enterré par les virtuoses italiens, ce qu'il pressentait et le rendait sombre, triste, hargneux; car personne n'a autant d'humeur, pas même une jolie femme qui se lève avec un bouton sur le nez, qu'un auteur menacé de survivre à sa réputation; témoins Marivaux et Crébillon le fils.

Il m'aborde . . . Ah, ah, vous voilà, monsieur le philosophe, et que faites-vous ici parmi ce tas de fainéants? Est-ce que vous perdez aussi votre temps à pousser le bois? C'est ainsi qu'on appelle par mépris jouer aux échecs ou aux dames.

MOI.—Non, mais quand je n'ai rien de mieux à faire, je m'amuse à regarder un instant, ceux qui le poussent bien.

LUI.—En ce cas, vous vous amusez rarement; excepté Légal et Philidor, le reste n'y entend rien.

MOI.—Et monsieur de Bissy donc?

LUI.—Celui-là est en joueur d'échecs, ce que mademoiselle Clairon est en acteur. Ils savent de ces jeux, l'un et l'autre, tout ce qu'on en peut apprendre.

MOI.—Vous êtes difficile, et je vois que vous ne faites grâce qu'aux hommes sublimes.

LUI.—Oui, aux échecs, aux dames, en poésie, en éloquence, en musique, et autres fadaises comme cela. A quoi bon la médiocrité dans ces genres.

MOI.—A peu de chose, j'en conviens. Mais c'est qu'il faut qu'il y ait un grand nombre d'hommes qui s'y appliquent, pour faire sortir l'homme de génie. Il est un dans la multitude. Mais laissons cela. Il y a une éternité que je ne vous ai vu. Je ne pense guère à vous, quand je ne vous vois pas. Mais vous me plaisez toujours à revoir. Qu'avez-vous fait?

LUI.—Ce que vous, moi et tous les autres font; du bien, du mal et rien. Et puis j'ai eu faim, et j'ai mangé, quand l'occasion s'en est présentée; après avoir mangé, j'ai eu soif, et j'ai bu quelquefois. Cependant la barbe me venait; et quand elle a été venue, je l'ai fait raser.

MOI.—Vous avez mal fait. C'est la seule chose qui vous manque, pour être un sage.

LUI.—Oui-da. J'ai le front grand et ridé; l'oeil ardent; le nez saillant; les joues larges; le sourcil noir et fourni; la bouche bien fendue; la lèvre rebordée; et la face carrée. Si ce vaste menton était couvert d'une longue barbe; savez-vous que cela figurerait très bien en bronze ou en marbre.

MOI.—A côté d'un César, d'un Marc-Aurèle, d'un Socrate.

LUI.—Non, je serais mieux entre Diogène et Phryné. Je suis effronté comme l'un, et je fréquente volontiers chez les autres.

MOI.—Vous portez-vous toujours bien?

LUI.—Oui, ordinairement; mais pas merveilleusement aujourd'hui.

MOI.—Comment? Vous voilà avec un ventre de Silène; et un visage . . .

LUI.—Un visage qu'on prendrait pour son antagoniste. C'est que l'humeur qui fait sécher mon cher oncle engraisse apparemment son cher neveu.

MOI.—A propos de cet oncle, le voyez-vous quelquefois?

LUI.—Oui, passer dans la rue.

MOI.—Est-ce qu'il ne vous fait aucun bien?

LUI.—S'il en fait à quelqu'un, c'est sans s'en douter. C'est un philosophe dans son espèce. Il ne pense qu'à lui; le reste de l'univers lui est comme d'un clou à soufflet. Sa fille et sa femme n'ont qu'à mourir, quand elles voudront; pourvu que les cloches de la paroisse, qu'on sonnera pour elles, continuent de résonner la douzième et la dix-septième tout sera bien. Cela est heureux pour lui. Et c'est ce que je prise particulièrement dans les gens de génie. Ils ne sont bons qu'à une chose. Passé cela, rien. Ils ne savent ce que c'est d'être citoyens, pères, mères, frères, parents, amis. Entre nous, il faut leur ressembler de tout point; mais ne pas désirer que la graine en soit commune. Il faut des hommes; mais pour des hommes de génie; point. Non, ma foi, il n'en faut point. Ce sont eux qui changent la face du globe; et dans les plus petites choses, la sottise est si commune et si puissante qu'on ne la réforme pas sans charivari. Il s'établit partie de ce qu'ils ont imaginé. Partie reste comme il était; de là deux évangiles; un habit d'Arlequin. La sagesse du moine de Rabelais, est la vraie sagesse, pour son repos et pour celui des autres: faire son devoir, tellement quelle ment; toujours dire du bien de Monsieur le prieur; et laisser aller le monde à sa fantaisie. Il va bien, puisque la multitude en est contente. Si je savais l'histoire, je vous montrerais que le mal est toujours venu ici-bas, par quelque homme de génie. Mais je ne sais pas l'histoire, parce que je ne sais rien. Le diable m'emporte, si j'ai jamais rien appris; et si pour n'avoir rien appris, je m'en trouve plus mal. J'étais un jour à la table d'un ministre du roi de France qui a de l'esprit comme quatre; eh bien, il nous démontra clair comme un et un font deux, que rien n'était plus utile aux peuples que le mensonge; rien de plus nuisible que la vérité. Je ne me rappelle pas bien ses preuves; mais il s'ensuivait évidemment que les gens de génie sont détestables, et que si un enfant apportait en naissant, sur son front, la caractéristique de ce dangereux présent de la nature, il faudrait ou l'étouffer, ou le jeter au cagnard.

MOI.—Cependant ces personnages-là, si ennemis du génie, prétendent tous en avoir.

LUI.—Je crois bien qu'ils le pensent au-dedans d'eux-mêmes; mais je ne crois pas qu'ils osassent l'avouer.

MOI.—C'est par modestie. Vous conçûtes donc là, une terrible haine contre le génie.

LUI.—A n'en jamais revenir.

MOI.—Mais j'ai vu un temps que vous vous désespériez de n'être qu'un homme commun. Vous ne serez jamais heureux, si le pour et le contre vous afflige également. Il faudrait prendre son parti, et y demeurer attaché. Tout en convenant avec vous que les hommes de génie sont communément singuliers, ou comme dit le proverbe, qu'il n'y a point de grands esprits sans un grain de folie, on n'en reviendra pas. On méprisera les siècles qui n'en auront pas produit. Ils feront l'honneur des peuples chez lesquels ils auront existé; tôt ou tard, on leur élève des statues, et on les regarde comme les bienfaiteurs du genre humain. N'en déplaise au ministre sublime que vous m'avez cité, je crois que si le mensonge peut servir un moment, il est nécessairement nuisible à la longue; et qu'au contraire, la vérité sert nécessairement à la longue; bien qu'il puisse arriver qu'elle nuise dans le moment. D'où je serais tenté de conclure que l'homme de génie qui décrie une erreur générale, ou qui accrédite une grande vérité, est toujours un être digne de notre vénération. Il peut arriver que cet être soit la victime du préjugé et des lois; mais il y a deux sortes de lois, les unes d'une équité, d'une généralité absolues; d'autres bizarres qui ne doivent leur sanction qu'à l'aveuglement ou la nécessité des circonstances. Celles-ci ne couvrent le coupable qui les enfreint que d'une ignominie passagère; ignominie que le temps reverse sur les juges et sur les nations, pour y rester à jamais. De Socrate, ou du magistrat qui lui fit boire la ciguë, quel est aujourd'hui le déshonoré?

LUI.—Le voilà bien avancé! en a-t-il été moins condamné? en a-t-il moins été mis à mort? en a-t-il moins été un citoyen turbulent? par le mépris d'une mauvaise loi, en a-t-il moins encouragé les fous au mépris des bonnes? en a-t-il moins été un particulier audacieux et bizarre? Vous n'étiez pas éloigné tout à l'heure d'un aveu peu favorable aux hommes de génie.

MOI.—Écoutez-moi, cher homme. Une société ne devrait point avoir de mauvaises lois; et si elle n'en avait que de bonnes, elle ne serait jamais dans le cas de persécuter un homme de génie. Je ne vous ai pas dit que le génie fût indivisiblement attaché à la méchanceté, ni la méchanceté au génie. Un sot sera plus souvent un méchant qu'un homme d'esprit. Quand un homme de génie serait communément d'un commerce dur, difficile, épineux, insupportable, quand même ce serait un méchant, qu'en concluriez-vous?

LUI.—Qu'il est bon à noyer.

MOI.—Doucement; cher homme. Ça, dites-moi; je ne prendrai pas votre oncle pour exemple; c'est un homme dur; c'est un brutal; il est sans humanité; il est avare. Il est mauvais père, mauvais époux; mauvais oncle; mais il n'est pas assez décidé que ce soit un homme de génie; qu'il ait poussé son art fort loin, et qu'il soit question de ses ouvrages dans dix ans. Mais Racine? Celui-là certes avait du génie, et ne passait pas pour un trop bon homme. Mais de Voltaire?

LUI.—Ne me pressez pas; car je suis conséquent.

MOI.—Lequel des deux préféreriez-vous? Ou qu'il eût été un bon homme, identifié avec son comptoir comme Briasson ou avec son aune, comme Barbier, faisant régulièrement tous les ans un enfant légitime à sa femme, bon mari; bon père, bon oncle, bon voisin, honnête commerçant, mais rien de plus; ou qu'il eût été fourbe, traître, ambitieux, envieux, méchant; mais auteur d'Andromaque, de Britannicus, d'Iphigénie, de Phèdre, d'Athalie.

LUI.—Pour lui, ma foi, peut-être que de ces deux hommes, il eût mieux valu qu'il eût été le premier.

MOI.—Cela est même infiniment plus vrai que vous ne le sentez.

LUI.—Oh! vous voilà, vous autres! Si nous disons quelque chose de bien, c'est comme des fous, ou des inspirés; par hasard. Il n'y a que vous autres qui vous entendiez. Oui, monsieur le philosophe. Je m'entends; et je m'entends ainsi que vous vous entendez.

MOI.—Voyons; eh bien, pourquoi pour lui?

LUI.—C'est que toutes ces belles choses-là qu'il a faites ne lui ont pas rendu vingt mille francs; et que s'il eût été un bon marchand en soie de la rue Saint-Denis ou Saint-Honoré, un bon épicier en gros, un apothicaire bien achalandé, il eût amassé une fortune immense, et qu'en l'amassant, il n'y aurait eu sorte de plaisirs dont il n'eût joui; qu'il aurait donné de temps en temps la pistole à un pauvre diable de bouffon comme moi qui l'aurait fait rire, qui lui aurait procuré dans l'occasion une jeune fille qui l'aurait désennuyé de l'éternelle cohabitation avec sa femme; que nous aurions fait d'excellents repas chez lui, joué gros jeu; bu d'excellents vins, d'excellentes liqueurs, d'excellents cafés, fait des parties de campagne; et vous voyez que je m'entendais. Vous riez. Mais laissez-moi dire. Il eût été mieux pour ses entours.

MOI.—Sans contredit; pourvu qu'il n'eût pas employé d'une façon déshonnête l'opulence qu'il aurait acquise par un commerce légitime; qu'il eût éloigné de sa maison tous ces joueurs; tous ces parasites; tous ces fades complaisants; tous ces fainéants, tous ces pervers inutiles; et qu'il eût fait assommer à coups de bâtons, par ses garçons de boutique, l'homme officieux qui soulage, par la variété, les maris, du dégoût d'une cohabitation habituelle avec leurs femmes.

LUI.—Assommer! monsieur, assommer! on n'assomme personne dans une ville bien policée. C'est un état honnête. Beaucoup de gens, même titrés, s'en mêlent. Et à quoi diable, voulez-vous donc qu'on emploie son argent, si ce n'est à avoir bonne table, bonne compagnie, bons vins, belles femmes, plaisirs de toutes les couleurs, amusements de toutes les espèces. J'aimerais autant être gueux que de posséder une grande fortune, sans aucune de ces jouissances. Mais revenons à Racine. Cet homme n'a été bon que pour des inconnus, et que pour le temps où il n'était plus.

MOI.—D'accord. Mais pesez le mal et le bien. Dans mille ans d'ici, il fera verser des larmes; il sera l'admiration des hommes. Dans toutes les contrées de la terre il inspirera l'humanité, la commisération, la tendresse; on demandera qui il était, de quel pays, et on l'enviera à la France. Il a fait souffrir quelques êtres qui ne sont plus; auxquels nous ne prenons presque aucun intérêt; nous n'avons rien à redouter ni de ses vices ni de ses défauts. Il eût été mieux sans doute qu'il eût reçu de la nature les vertus d'un homme de bien, avec les talents d'un grand homme. C'est un arbre qui a fait sécher quelques arbres plantés dans son voisinage; qui a étouffé les plantes qui croissaient à ses pieds; mais il a porté sa cime jusque dans la nue; ses branches se sont étendues au loin; il a prêté son ombre à ceux qui venaient, qui viennent et qui viendront se reposer autour de son tronc majestueux; il a produit des fruits d'un goût exquis et qui se renouvellent sans cesse. Il serait à souhaiter que de Voltaire eût encore la douceur de Duclos, l'ingénuité de l'abbé Trublet, la droiture de l'abbé d'Olivet; mais puisque cela ne se peut; regardons la chose du côté vraiment intéressant; oublions pour un moment le point que nous occupons dans l'espace et dans la durée; et étendons notre vue sur les siècles à venir, les régions les plus éloignées, et les peuples à naître. Songeons au bien de notre espèce. Si nous ne sommes pas assez généreux; pardonnons au moins à la nature d'avoir été plus sage que nous. Si vous jetez de l'eau froide sur la tête de Greuze, vous éteindrez peut-être son talent avec sa vanité. Si vous rendez de Voltaire moins sensible à la critique, il ne saura plus descendre dans l'âme de Mérope. Il ne vous touchera plus.

LUI.—Mais si la nature était aussi puissante que sage; pourquoi ne les a-t-elle pas faits aussi bons qu'elle les a faits grands?

MOI.—Mais ne voyez-vous pas qu'avec un pareil raisonnement vous renversez l'ordre général, et que si tout ici-bas était excellent, il n'y aurait rien d'excellent.

LUI.—Vous avez raison. Le point important est que vous et moi nous soyons, et que nous soyons vous et moi. Que tout aille d'ailleurs comme il pourra. Le meilleur ordre des choses, à mon avis, est celui où je devais être; et foin du plus parfait des mondes, si je n'en suis pas. J'aime mieux être, et même être impertinent raisonneur que de n'être pas.

MOI.—Il n'y a personne qui ne pense comme vous, et qui ne fasse le procès à l'ordre qui est; sans s'apercevoir qu'il renonce à sa propre existence.

LUI.—Il est vrai.

MOI.—Acceptons donc les choses comme elles sont. Voyons ce qu'elles nous coûtent et ce qu'elles nous rendent; et laissons là le tout que nous ne connaissons pas assez pour le louer ou le blâmer; et qui n'est peut-être ni bien ni mal; s'il est nécessaire, comme beaucoup d'honnêtes gens l'imaginent.

LUI.—Je n'entends pas grand-chose à tout ce que vous me débitez là. C'est apparemment de la philosophie; je vous préviens que je ne m'en mêle pas. Tout ce que je sais, c'est que je voudrais bien être un autre, au hasard d'être un homme de génie, un grand homme. Oui, il faut que j'en convienne, il y a là quelque chose qui me le dit. Je n'en ai jamais entendu louer un seul que son éloge ne m'ait fait secrètement enrager. Je suis envieux. Lorsque j'apprends de leur vie privée quelque trait qui les dégrade, je l'écoute avec plaisir. Cela nous rapproche: j'en supporte plus aisément ma médiocrité. Je me dis: certes tu n'aurais jamais fait Mahomet; mais ni l'éloge du Maupeou. J'ai donc été; je suis donc fâché d'être médiocre. Oui, oui, je suis médiocre et fâché. Je n'ai jamais entendu jouer l'ouverture des Indes galantes; jamais entendu chanter, Profonds Abîmes du Ténare, Nuit, éternelle Nuit, sans me dire avec douleur; voilà ce que tu ne feras jamais. J'étais donc jaloux de mon oncle, et s'il y avait eu à sa mort, quelques belles pièces de clavecin, dans son portefeuille, je n'aurais pas balancé à rester moi, et à être lui.

MOI.—S'il n'y a que cela qui vous chagrine, cela n'en vaut pas trop la peine.

LUI.—Ce n'est rien. Ce sont des moments qui passent.

Puis il se remettait à chanter l'ouverture des Indes galantes, et l'air Profonds Abîmes; et il ajoutait:

Le quelque chose qui est là et qui me parle, me dit: Rameau, tu voudrais bien avoir fait ces deux morceaux-là; si tu avais fait ces deux morceaux-là, tu en ferais bien deux autres; et quand tu en aurais fait un certain nombre, on te jouerait, on te chanterait partout; quand tu marcherais, tu aurais la tête droite; la conscience te rendrait témoignage à toi-même de ton propre mérite; les autres, te désigneraient du doigt. On dirait, c'est lui qui a fait les jolies gavottes et il chantait les gavottes; puis avec l'air d'un homme touché, qui nage dans la joie, et qui en a les yeux humides, il ajoutait, en se frottant les mains; tu aurais une bonne maison, et il en mesurait l'étendue avec ses bras, un bon lit, et il s'y étendait nonchalamment, de bons vins, qu'il goûtait en faisant claquer sa langue contre son palais, un bon équipage et il levait le pied pour y monter, de jolies femmes à qui il prenait déjà la gorge et qu'il regardait voluptueusement, cent faquins me viendraient encenser tous les jours; et il croyait les voir autour de lui; il voyait Palissot, Poincinet, les Frérons père et fils, La Porte; il les entendait, il se rengorgeait, les approuvait, leur souriait, les dédaignait, les méprisait, les chassait, les rappelait; puis il continuait: et c'est ainsi que l'on te dirait le matin que tu es un grand homme; tu lirais dans l'histoire des Trois Siècles que tu es un grand homme; tu serais convaincu le soir que tu es un grand homme; et le grand homme, Rameau le neveu s'endormirait au doux murmure de l'éloge qui retentirait dans son oreille; même en dormant, il aurait l'air satisfait; sa poitrine se dilaterait, s'élèverait, s'abaisserait avec aisance; il ronflerait, comme un grand homme; et en parlant ainsi; il se laissait aller mollement sur une banquette; il fermait les yeux, et il imitait le sommeil heureux qu'il imaginait. Après avoir goûté quelques instants la douceur de ce repos, il se réveillait, étendait ses bras, bâillait, se frottait les yeux, et cherchait encore autour de lui ses adulateurs insipides.

MOI.—Vous croyez donc que l'homme heureux a son sommeil?

LUI.—Si je le crois! Moi, pauvre hère, lorsque le soir j'ai regagné mon grenier et que je me suis fourré dans mon grabat, je suis ratatiné sous ma couverture; j'ai la poitrine étroite et la respiration gênée; c'est une espèce de plainte faible qu'on entend à peine; au lieu qu'un financier fait retentir son appartement, et étonne toute sa rue. Mais ce qui m'afflige aujourd'hui, ce n'est pas de ronfler et de dormir mesquinement, comme un misérable.

MOI.—Cela est pourtant triste.

LUI.—Ce qui m'est arrivé l'est bien davantage.

MOI.—Qu'est-ce donc?

LUI.—Vous avez toujours pris quelque intérêt à moi, parce que je suis un bon diable que vous méprisez dans le fond, mais qui vous amuse.

MOI.—C'est la vérité.

LUI.—Et je vais vous le dire.

Avant que de commencer, il pousse un profond soupir et porte ses deux mains à son front. Ensuite, il reprend un air tranquille, et me dit:

Vous savez que je suis un ignorant, un sot, un fou, un impertinent, un paresseux, ce que nos Bourguignons appellent un fieffé truand, un escroc, un gourmand . . .

MOI.—Quel panégyrique!

LUI.—Il est vrai de tout point. Il n'y en a pas un mot à rabattre. Point de contestation là-dessus, s'il vous plaît. Personne ne me connaît mieux que moi; et je ne dis pas tout.

MOI.—Je ne veux point vous fâcher; et je conviendrai de tout.

LUI.—Eh bien, je vivais avec des gens qui m'avaient pris en gré, précisément parce que j'étais doué, à un rare degré, de toutes ces qualités.

MOI.—Cela est singulier. Jusqu'à présent j'avais cru ou qu'on se les cachait à soi-même, ou qu'on se les pardonnait, et qu'on les méprisait dans les autres.

LUI.—Se les cacher, est-ce qu'on le peut? Soyez sûr que, quand Palissot est seul et qu'il revient sur lui-même, il se dit bien d'autres choses. Soyez sûr qu'en tête à tête avec son collègue, ils s'avouent franchement qu'ils ne sont que deux insignes maroufles. Les mépriser dans les autres! mes gens étaient plus équitables, et leur caractère me réussissait merveilleusement auprès d'eux. J'étais comme un coq en pâte. On me fêtait. On ne me perdait pas un moment, sans me regretter. J'étais leur petit Rameau, leur joli Rameau, leur Rameau le fou l'impertinent, l'ignorant, le paresseux, le gourmand, le bouffon, la grosse bête. Il n'y avait pas une de ces épithètes familières qui ne me valût un sourire, une caresse, un petit coup sur l'épaule, un soufflet, un coup de pied, à table un bon morceau qu'on me jetait sur mon assiette, hors de table une liberté que je prenais sans conséquence, car moi, je suis sans conséquence. On fait de moi, avec moi, devant moi, tout ce qu'on veut, sans que je m'en formalise; et les petits présents qui me pleuvaient? Le grand chien que je suis; j'ai tout perdu! J'ai tout perdu pour avoir eu le sens commun, une fois, une seule fois en ma vie; ah, si cela m'arrive jamais!

MOI.—De quoi s'agissait-il donc?

LUI.—C'est une sottise incomparable, incompréhensible, irrémissible.

MOI.—Quelle sottise encore?

LUI.—Rameau, Rameau, vous avait-on pris pour cela! La sottise d'avoir eu un peu de goût, un peu d'esprit, un peu de raison. Rameau, mon ami, cela vous apprendra à rester ce que Dieu vous fit et ce que vos protecteurs vous voulaient. Aussi l'on vous a pris par les épaules, on vous a conduit à la porte; on vous a dit, «Faquin, tirez; ne reparaissez plus. Cela veut avoir du sens, de la raison, je crois! Tirez. Nous avons de ces qualités là, de reste.» Vous vous en êtes allé en vous mordant les doigts; c'est votre langue maudite qu'il fallait mordre auparavant. Pour ne vous en être pas avisé, vous voilà sur le pavé, sans le sol, et ne sachant où donner de la tête. Vous étiez nourri à bouche que veux-tu, et vous retournerez au regrat; bien logé, et vous serez trop heureux si l'on vous rend votre grenier; bien couché, et la paille vous attend entre le cocher de Monsieur de Soubise et l'ami Robbé. Au lieu d'un sommeil doux et tranquille, comme vous l'aviez, vous entendrez d'une oreille le hennissement et le piétinement des chevaux, de l'autre, le bruit mille fois plus insupportable des vers secs, durs et barbares. Malheureux, malavisé, possédé d'un million de diables!

MOI.—Mais n'y aurait-il pas moyen de se rapatrier? La faute que vous avez commise est-elle si impardonnable? A votre place, j'irais retrouver mes gens. Vous leur êtes plus nécessaire que vous ne croyez.

LUI.—Oh, je suis sûr qu'à présent qu'ils ne m'ont pas, pour les faire rire, ils s'ennuient comme des chiens.

MOI.—J'irais donc les retrouver. Je ne leur laisserais pas le temps de se passer de moi; de se tourner vers quelque amusement honnête: car qui sait ce qui peut arriver?

LUI.—Ce n'est pas là ce que je crains. Cela n'arrivera pas.

MOI.—Quelque sublime que vous soyez, un autre peut vous remplacer.

LUI.—Difficilement.

MOI.—D'accord. Cependant j'irais avec ce visage défait, ces yeux égarés, ce col débraillé, ces cheveux ébouriffés, dans l'état vraiment tragique où vous voilà. Je me jetterais aux pieds de la divinité. Je me collerais la face contre terre; et sans me relever, je lui dirais d'une voix basse et sanglotante: «Pardon, madame! pardon! je suis un indigne, un infâme. Ce fut un malheureux instant; car vous savez que je ne suis pas sujet à avoir du sens commun, et je vous promets de n'en avoir de ma vie.»

Ce qu'il y a de plaisant, c'est que, tandis que je lui tenais ce discours, il en exécutait la pantomime. Il s'était prosterné; il avait collé son visage contre terre; il paraissait tenir entre ses deux mains le bout d'une pantoufle; il pleurait; il sanglotait; il disait, «oui, ma petite reine; oui, je le promets; je n'en aurai de ma vie, de ma vie». Puis se relevant brusquement, il ajouta d'un ton sérieux et réfléchi:

LUI.—Oui: vous avez raison. Je crois que c'est le mieux. Elle est bonne. Monsieur Viellard dit qu'elle est si bonne. Moi, je sais un peu qu'elle l'est. Mais cependant aller s'humilier devant une guenon! Crier miséricorde aux pieds d'une misérable petite histrionne que les sifflets du parterre ne cessent de poursuivre! Moi, Rameau! fils de Monsieur Rameau, apothicaire de Dijon, qui est un homme de bien et qui n'a jamais fléchi le genou devant qui que ce soit! Moi, Rameau, le neveu de celui qu'on appelle le grand Rameau, qu'on voit se promener droit et les bras en l'air, au Palais-Royal, depuis que monsieur Carmontelle l'a dessiné courbé, et les mains sous les basques de son habit! Moi qui ai composé des pièces de clavecins que personne ne joue, mais qui seront peut-être les seules qui passeront à la postérité qui les jouera; moi! moi enfin! J'irais! . . . Tenez, Monsieur, cela ne se peut. Et mettant sa main droite sur sa poitrine, il ajoutait: le me sens là quelque chose qui s'élève et qui me dit, «Rameau, tu n'en feras rien». Il faut qu'il y ait une certaine dignité attachée à la nature de l'homme, que rien ne peut étouffer. Cela se réveille à propos de bottes. Oui, à propos de bottes; car il y a d'autres jours où il ne m'en coûterait rien pour être vil tant qu'on voudrait; ces jours-là, pour un liard, je baiserais le cul à la petite Hus.

MOI.—Hé, mais, l'ami; elle est blanche, jolie, jeune, douce, potelée; et c'est un acte d'humilité auquel un plus délicat que vous pourrait quelquefois s'abaisser.

LUI.—Entendons-nous; c'est qu'il y a baiser le cul au simple, et baiser le cul au figuré. Demandez au gros Bergier qui baise le cul de madame de La Marck au simple et au figuré; et ma foi, le simple et le figuré me déplairaient également là.

MOI.—Si l'expédient que je vous suggère ne vous convient pas; ayez donc le courage d'être gueux.

LUI.—Il est dur d'être gueux, tandis qu'il y a tant de sots opulents aux dépens desquels on peut vivre. Et puis le mépris de soi; il est insupportable.

MOI.—Est-ce que vous connaissez ce sentiment-là?

LUI.—Si je le connais; combien de fois, je me suis dit: «Comment, Rameau, il y a dix mille bonnes tables à Paris, à quinze ou vingt couverts chacune; et de ces couverts-là, il n'y en a pas un pour toi! Il y a des bourses pleines d'or qui se versent de droite et de gauche, et il n'en tombe pas une pièce sur toi! Mille petits beaux esprits, sans talent, sans mérite; mille petites créatures, sans charmes; mille plats intrigants, sont bien vêtus, et tu irais tout nu? Et tu serais imbécile à ce point? est-ce que tu ne saurais pas mentir, jurer, parjurer, promettre, tenir ou manquer comme un autre? est-ce que tu ne saurais pas te mettre à quatre pattes, comme un autre? est-ce que tu ne saurais pas favoriser l'intrigue de Madame, et porter le billet doux de Monsieur, comme un autre? est-ce que tu ne saurais pas encourager ce jeune homme à parler à Mademoiselle, et persuader à Mademoiselle de l'écouter, comme un autre? est-ce que tu ne saurais pas faire entendre à la fille d'un de nos bourgeois, qu'elle est mal mise; que de belles boucles d'oreilles, un peu de rouge, des dentelles, une robe à la polonaise, lui siéraient à ravir? que ces petits pieds-là ne sont pas faits pour marcher dans la rue? qu'il y a un beau monsieur, jeune et riche, qui a un habit galonné d'or, un superbe équipage, six grands laquais, qui l'a vue en passant, qui la trouve charmante; et que depuis ce jour-là il en a perdu le boire et le manger; qu'il n'en dort plus, et qu'il en mourra?» Mais mon papa.—Bon, bon; votre papa! il s'en fâchera d'abord un peu.—Et maman qui me recommande tant d'être honnête fille? qui me dit qu'il n'y a rien dans ce monde que l'honneur?—Vieux propos qui ne signifient rien.—Et mon confesseur?—Vous ne le verrez plus; ou si vous persistez dans la fantaisie d'aller lui faire l'histoire de vos amusements; il vous en coûtera quelques livres de sucre et de café.—C'est un homme sévère qui m'a déjà refusé l'absolution, pour la chanson, viens dans ma cellule.—C'est que vous n'aviez rien à lui donner . . . Mais quand vous lui apparaîtrez en dentelles.—J'aurai donc des dentelles?—Sans doute et de toutes les sortes . . . en belles boucles de diamants.—J'aurai donc de belles boucles de diamants?—Oui.—Comme celles de cette marquise qui vient quelquefois prendre des gants, dans notre boutique?—Précisément. Dans un bel équipage, avec des chevaux gris pommelés; deux grands laquais, un petit nègre, et le coureur en avant, du rouge, des mouches, la queue portée.—Au bal?—Au bal . . . à l'Opéra, à la Comédie . . . » Déjà le coeur lui tressaillit de joie. Tu joues avec un papier entre tes doigts.» Qu'est cela?—Ce n'est rien—Il me semble que si.—C'est un billet.—Et pour qui?—Pour vous, si vous étiez un peu curieuse.—Curieuse, je le suis beaucoup. Voyons.» Elle lit.» Une entrevue, cela ne se peut.—En allant à la messe.—Maman m'accompagne toujours; mais s'il venait ici, un peu matin; je me lève la première; et je suis au comptoir, avant qu'on soit levé.» Il vient: il plaît; un beau jour, à la brune, la petite disparaît, et l'on me compte mes deux mille écus . . . Et quoi tu possèdes ce talent-là; et tu manques de pain! N'as-tu pas de honte, malheureux? Je me rappelais un tas de coquins, qui né m'allaient pas à la cheville et qui regorgeaient de richesses. J'étais en surtout de baracan, et ils étaient couverts de velours; ils s'appuyaient sur la canne à pomme d'or et en bec de corbin; et ils avaient l'Aristote ou le Platon au doigt. Qu'étaient-ce pourtant? la plupart de misérables croque-notes, aujourd'hui ce sont des espèces de seigneurs. Alors je me sentais du courage; l'âme élevée; l'esprit subtil, et capable de tout. Mais ces heureuses dispositions apparemment ne duraient pas; car jusqu'à présent, je n'ai pu faire un certain chemin. Quoi qu'il en soit, voilà le texte de mes fréquents soliloques que vous pouvez paraphraser à votre fantaisie; pourvu que vous en concluiez que je connais le mépris de soi-même, ou ce tourment de la conscience qui naît de l'inutilité des dons que le Ciel nous a départis; c'est le plus cruel de tous. Il vaudrait presque autant que l'homme ne fût pas né.

Je l'écoutais, et à mesure qu'il faisait la scène du proxénète et de la jeune fille qu'il séduisait; l'âme agitée de deux mouvements opposés, je ne savais si je m'abandonnerais à l'envie de rire, ou au transport de l'indignation. le souffrais. Vingt fois un éclat de rire empêcha ma colère d'éclater; vingt fois la colère qui s'élevait au fond de mon coeur se termina par un éclat de rire. l'étais confondu de tant de sagacité, et de tant de bassesse; d'idées si justes et alternativement si fausses; d'une perversité si générale de sentiments, d'une turpitude si complète, et d'une franchise si peu commune. Il s'aperçut du conflit qui se passait en moi.

Qu'avez-vous? me dit-il.

MOI.—Rien.

LUI.—Vous me paraissez troublé.

MOI.—Je le suis aussi.

LUI.—Mais enfin que me conseillez-vous?

MOI.—De changer de propos. Ah, malheureux, dans quel état d'abjection, vous êtes né ou tombé.

LUI.—J'en conviens. Mais cependant que mon état ne vous touche pas trop. Mon projet, en m'ouvrant à vous, n'était point de vous affliger. Je me suis fait chez ces gens quelque épargne. Songez que je n'avais besoin de rien, mais de rien absolument; et que l'on m'accordait tant pour mes menus plaisirs.

Alors il recommença à se frapper le front, avec un de ses poings, à se mordre la lèvre, et rouler au plafond ses yeux égarés; ajoutant, mais c'est une affaire faite. l'ai mis quelque chose de côté. Le temps s'est écoulé; et c'est toujours autant d'amassé.

MOI.—Vous voulez dire de perdu.

LUI.—Non, non, d'amassé. On s'enrichit à chaque instant. Un jour de moins à vivre, ou un écu de plus; c'est tout un. Le point important est d'aller aisément, librement, agréablement, copieusement, tous les soirs à la garde-robe. O stercus pretiosum! Voilà le grand résultat de la vie dans tous les états. Au dernier moment, tous sont également riches; et Samuel Bernard qui à force de vols, de pillages, de banqueroutes laisse vingt-sept millions en or, et Rameau qui ne laissera rien; Rameau à qui la charité fournira la serpillière dont on l'enveloppera. Le mort n'entend pas sonner les cloches. C'est en vain que cent prêtres s'égosillent pour lui: qu'il est précédé et suivi d'une longue file de torches ardentes; son âme ne marche pas à côté du maître des cérémonies. Pourrir sous du marbre, pourrir sous de la terre, c'est toujours pourrir. Avoir autour de son cercueil les Enfants rouges, et les Enfants bleus, ou n'avoir personne, qu'est-ce que cela fait. Et puis vous voyez bien ce poignet; il était raide comme un diable. Ces dix doigts, c'étaient autant de bâtons fichés dans un métacarpe de bois; et ces tendons, c'étaient de vieilles cordes à boyau plus sèches, plus raides, plus inflexibles que celles qui ont servi à la roue d'un tourneur. Mais je vous les ai tant tourmentées, tant brisées, tant rompues. Tu ne veux pas aller; et moi, mordieu, je dis que tu iras; et cela sera.

Et tout en disant cela, de la main droite, il s'était saisi les doigts et le poignet de la main gauche; et il les renversait en dessus; en dessous; l'extrémité des doigts touchait au bras; les jointures en craquaient; je craignais que les os n'en demeurassent disloqués.

MOI.—Prenez garde, lui dis-je; vous allez vous estropier.

LUI.—Ne craignez rien. Ils y sont faits; depuis dix ans, je leur en ai bien donné d'une autre façon. Malgré qu'ils en eussent, il a bien fallu que les bougres s'y accoutumassent, et qu'ils apprissent à se placer sur les touches et à voltiger sur les cordes. Aussi à présent cela va. Oui, cela va.

En même temps, il se met dans l'attitude d'un joueur de violon; il fredonne de la voix un allegro de Locatelli, son bras droit imite le mouvement de l'archet; sa main gauche et ses doigts semblent se promener sur la longueur du manche; s'il fait un ton faux; il s'arrête; il remonte ou baisse la corde; il la pince de l'ongle, pour s'assurer qu'elle est juste; il reprend le morceau où il l'a laissé; il bat la mesure du pied; il se démène de la tête, des pieds, des mains, des bras, du corps. Comme vous avez vu quelquefois au Concert spirituel, Ferrari ou Chiabran, ou quelque autre virtuose, dans les mêmes convulsions, m'offrant l'image du même supplice, et me causant à peu près la même peine; car n'est-ce pas une chose pénible à voir que le tourment, dans celui qui s'occupe à me peindre le plaisir; tirez entre cet homme et moi, un rideau qui me le cache, s'il faut qu'il me montre un patient appliqué à la question. Au milieu de ses agitations et de ses cris, s'il se présentait une tenue, un de ces endroits harmonieux où l'archet se meut lentement sur plusieurs cordes à la fois, son visage prenait l'air de l'extase sa voix s'adoucissait, il s'écoutait avec ravissement. Il est sûr que les accords résonnaient dans ses oreilles et dans les miennes. Puis, remettant son instrument sous son bras gauche, de la même main dont il le tenait, et laissant tomber sa main droite, avec son archet. Eh bien, me disait-il, qu'en pensez-vous?

MOI.—A merveille.

LUI.—Cela va, ce me semble; cela résonne à peu près, comme les autres.

Et aussitôt, il s'accroupit, comme un musicien qui se met au clavecin. Je vous demande grâce, pour vous et pour moi, lui dis-je.

LUI.—Non, non; puisque je vous tiens, vous m'entendrez. Je ne veux point d'un suffrage qu'on m'accorde sans savoir pourquoi. Vous me louerez d'un ton plus assuré, et cela me vaudra quelque écolier.

MOI.—Je suis si peu répandu, et vous allez vous fatiguer en pure perte.

LUI.—Je ne me fatigue jamais.

Comme je vis que je voudrais inutilement avoir pitié de mon homme, car la sonate sur le violon l'avait mis tout en eau, je pris le parti de le laisser faire. Le voilà donc assis au clavecin; les jambes fléchies, la tête élevée vers le plafond où l'on eût dit qu'il voyait une partition notée, chantant; préludant, exécutant une pièce d'Alberti, ou de Galuppi, je ne sais lequel des deux. Sa voix allait comme le vent, et ses doigts voltigeaient sur les touches; tantôt laissant le dessus, pour prendre la basse; tantôt quittant la partie d'accompagnement, pour revenir au-dessus. Les passions se succédaient sur son visage. On y distinguait la tendresse, la colère, le plaisir, la douleur. On sentait les piano, les forte. Et je suis sûr qu'un plus habile que moi, aurait reconnu le morceau, au mouvement, au caractère, à ses mines et à quelques traits de chant qui lui échappaient par intervalle. Mais ce qu'il y avait de bizarre; c'est que de temps en temps, il tâtonnait; se reprenait; comme s'il eût manqué et se dépitait dé n'avoir plus la pièce dans les doigts. Enfin, vous voyez, dit-il, en se redressant et en essuyant les gouttes de sueur qui descendaient le long de ses joues, que nous savons aussi placer un triton, une quinte superflue, et que l'enchaînement des dominantes nous est familier. Ces passages enharmoniques dont le cher oncle a fait tant de train, ce n'est pas la mer à boire, nous nous en tirons.

MOI.—Vous vous êtes donné bien de la peine, pour me montrer que vous étiez fort habile; j'étais homme à vous croire sur votre parole.

LUI.—Fort habile? oh non! pour mon métier, je le sais à peu près, et c'est plus qu'il ne faut. Car dans ce pays-ci est-ce qu'on est obligé de savoir ce qu'on montre?

MOI.—Pas plus que de savoir ce qu'on apprend.

LUI.—Cela est juste, morbleu, et très juste. Là, Monsieur le philosophe: la main sur la conscience, parlez net. Il y eut un temps où vous n'étiez pas cossu comme aujourd'hui.

MOI.—Je ne le suis pas encore trop.

LUI.—Mais vous n'iriez plus au Luxembourg en été, vous vous en souvenez . . .

MOI.—Laissons cela; oui, je m en souviens.

LUI.—En redingote de peluche grise.

MOI.—Oui, oui.

LUI.—Éreintée par un des côtés; avec la manchette déchirée, et les bas de laine, noirs et recousus par derrière avec du fil blanc.

MOI.—Et oui, oui, tout comme il vous plaira.

LUI.—Que faisiez-vous alors dans l'allée des Soupirs?

MOI.—Une assez triste figure.

LUI.—Au sortir de là, vous trottiez sur le pavé.

MOI.—D'accord.

LUI.—Vous donniez des leçons de mathématiques.

MOI.—Sans en savoir un mot. N'est-ce pas là que vous en vouliez venir?

LUI.—Justement.

MOI.—J'apprenais en montrant aux autres, et j'ai fait quelques bons écoliers.

LUI.—Cela se peut, mais il n'en est pas de la musique comme de l'algèbre ou de la géométrie. Aujourd'hui que vous êtes un gros monsieur . . .

MOI.—Pas si gros.

LUI.—Que vous avez du foin dans vos bottes . . .

MOI.—Très peu.

LUI.—Vous donnez des maîtres à votre fille.

MOI.—Pas encore. C'est sa mère qui se mêle de son éducation; car il faut avoir la paix chez soi.

LUI.—La paix chez soi? morbleu, on ne l'a que quand on est le serviteur ou le maître; et c'est le maître qu'il faut être. J'ai eu une femme. Dieu veuille avoir son âme mais quand il lui arrivait quelquefois de se rebéquer je m'élevais sur mes ergots; je déployais mon tonnerre; je disais, comme Dieu, que la lumière se fasse et la lumière était faite. Aussi en quatre années de temps, nous n'avons pas eu dix fois un mot, l'un plus haut que l'autre. Quel âge a votre enfant?

MOI.—Cela ne fait rien à l'affaire.

LUI.—Quel âge a votre enfant?

MOI.—Et que diable, laissons là mon enfant et son âge, et revenons aux maîtres qu'elle aura.

LUI.—Pardieu, je ne sache rien de si têtu qu'un philosophe. En vous suppliant très humblement, ne pourrait-on savoir de Monseigneur le philosophe, quel âge à peu près peut avoir Mademoiselle sa fille.

MOI.—Supposez-lui huit ans.

LUI.—Huit ans! il y a quatre ans que cela devrait avoir les doigts sur les touches.

MOI.—Mais peut-être ne me soucié-je pas trop de faire entrer dans le plan de son éducation, une étude qui occupe si longtemps et qui sert si peu.

LUI.—Et que lui apprendrez-vous donc, s'il vous plaît?

MOI.—A raisonner juste, si je puis; chose si peu commune parmi les hommes, et plus rare encore parmi les femmes.

LUI.—Et laissez-la déraisonner, tant qu'elle voudra. Pourvu qu'elle soit jolie, amusante et coquette.

MOI.—Puisque la nature a été assez ingrate envers elle pour lui donner une organisation délicate, avec une âme sensible, et l'exposer aux mêmes peines de la vie que si elle avait une organisation forte, et un coeur de bronze, je lui apprendrai, si je puis, à les supporter avec courage.

LUI.—Et laissez-la pleurer, souffrir, minauder, avoir des nerfs agacés, comme les autres; pourvu qu'elle soit jolie, amusante et coquette. Quoi, point de danse?

MOI.—Pas plus qu'il n'en faut pour faire une révérence, avoir un maintien décent, se bien présenter, et savoir marcher.

LUI.—Point de chant?

MOI.—Pas plus qu'il n'en faut, pour bien prononcer.

LUI.—Point de musique?

MOI.—S'il y avait un bon maître d'harmonie, je la lui confierais volontiers, deux heures par jour, pendant un ou deux ans; pas davantage.

LUI.—Et à la place des choses essentielles que vous supprimez . . .

MOI.—Je mets de la grammaire, de la fable, de l'histoire, de la géographie, un peu de dessin, et beaucoup de morale.

LUI.—Combien il me serait facile de vous prouver l'inutilité de toutes ces connaissances-là, dans un monde tel que le nôtre; que dis-je, l'inutilité, peut-être le danger. Mais je m'en tiendrai pour ce moment à une question, ne lui faudrait-il pas un ou deux maîtres?

MOI.—Sans doute.

LUI.—Ah, nous y revoilà. Et ces maîtres, vous espérez qu'ils sauront la grammaire, la fable, l'histoire, la géographie, la morale dont ils lui donneront des leçons? Chansons, mon cher maître, chansons. S'ils possédaient ces choses assez pour les montrer, ils ne les montreraient pas.

MOI.—Et pourquoi?

LUI.—C'est qu'ils auraient passé leur vie à les étudier Il faut être profond dans l'art ou dans la science, pour en bien posséder les éléments. Les ouvrages classiques ne peuvent être bien faits, que par ceux qui ont blanchi sous le harnais. C'est le milieu et la fin qui éclaircissent les ténèbres du commencement. Demandez à votre ami, monsieur d'Alembert, le coryphée de la science mathématique, s'il serait trop bon pour en faire des éléments. Ce n'est qu'après trente à quarante ans d'exercice que mon oncle a entrevu les premières lueurs de la théorie musicale.

MOI.—Ô fou, archifou, m'écriai-je, comment se fait il que dans ta mauvaise tête, il se trouve des idées si justes, pêle-mêle, avec tant d'extravagances.

LUI.—Qui diable sait cela? C'est le hasard qui vous les jette, et elles demeurent. Tant y a, que, quand on ne sait pas tout, on ne sait rien de bien. On ignore où une chose va; d'où une autre vient; où celle-ci ou celle-la veulent être placées; laquelle doit passer la première, où sera mieux la seconde. Montre-t-on bien sans la méthode? Et la méthode, d'où naît-elle? Tenez, mon philosophe, j'ai dans la tête que la physique sera toujours une pauvre science; une goutte d'eau prise avec la pointe d'une aiguille dans le vaste océan; un grain détaché de la chaîne des Alpes; et les raisons des phénomènes? en vérité, il vaudrait autant ignorer que de savoir si peu et si mal; et c'était précisément où j'en étais, lorsque je me fis maître d'accompagnement et de composition. A quoi rêvez-vous?

MOI.—Je rêve que tout ce que vous venez de dire, est plus spécieux que solide. Mais laissons cela. Vous avez montré, dites-vous, l'accompagnement et la composition?

LUI.—Oui.

MOI.—Et vous n'en saviez rien du tout?

LUI.—Non, ma foi; et c'est pour cela qu'il y en avait de pires que moi: ceux qui croyaient savoir quelque chose. Au moins je ne gâtais ni le jugement ni les mains des enfants. En passant de moi, à un bon maître, comme ils n'avaient rien appris, du moins ils n'avaient rien à désapprendre; et c'était toujours autant d'argent et de temps épargnés.

MOI.—Comment faisiez-vous?

LUI.—Comme ils font tous. J'arrivais. Je me jetais dans une chaise: «Que le temps est mauvais! que le pavé est fatigant!» Je bavardais quelques nouvelles: «Mademoiselle Lemierre devait faire un rôle de vestale dans l'opéra nouveau. Mais elle est grosse pour la seconde fois. On ne sait qui la doublera. Mademoiselle Arnould vient de quitter son petit comte. On dit qu'elle est en négociation avec Bertin. Le petit comte a pourtant trouvé la porcelaine de monsieur de Montamy. Il y avait au dernier Concert des amateurs, une Italienne qui a chanté comme un ange. C'est un rare corps que ce Préville. Il faut le voir dans le Mercure galant; l'endroit de l'énigme est impayable. Cette pauvre Dumesnil ne sait plus ni ce qu'elle dit ni ce qu'elle fait. Allons, Mademoiselle; prenez votre livre.» Tandis que Mademoiselle, qui ne se presse pas, cherche son livre qu'elle a égaré, qu'on appelle une femme de chambre, qu'on gronde, je continue, «La Clairon est vraiment incompréhensible. On parle d'un mariage fort saugrenu. C'est celui de mademoiselle, comment l'appelez-vous? une petite créature qu'il entretenait, à qui il a fait deux ou trois enfants, qui avait été entretenue par tant d'autres.—Allons, Rameau; cela ne se peut, vous radotez.—Je ne radote point. On dit même que la chose est faite. Le bruit court que de Voltaire est mort. Tant mieux.—Et pourquoi tant mieux?—C'est qu'il va nous donner quelque bonne folie. C'est son usage que de mourir une quinzaine auparavant.» Que vous dirai-je encore? Je disais quelques polissonneries, que je rapportais des maisons où j'avais été; car nous sommes tous, grands colporteurs. Je faisais le fou. On m'écoutait. On riait. On s'écriait, «il est toujours charmant». Cependant, le livre de Mademoiselle s'était enfin retrouvé sous un fauteuil où il avait été traîné, mâchonné, déchiré, par un jeune doguin ou par un petit chat. Elle se mettait à son clavecin. D'abord elle y faisait du bruit, toute seule. Ensuite, je m'approchais, après avoir fait à la mère un signe d'approbation. La mère: «Cela ne va pas mal; on n'aurait qu'à vouloir; mais on ne veut pas. On aime mieux perdre son temps à jaser, à chiffonner, à courir, à je ne sais quoi. Vous n'êtes pas sitôt parti que le livre est fermé, pour ne le rouvrir qu'à votre retour. Aussi vous ne la grondez jamais . . . »

Cependant comme il fallait faire quelque chose, je lui prenais les mains que je lui plaçais autrement. Je me dépitais. Je criais «Sol, sol, sol; Mademoiselle, c'est un sol.» La mère: «Mademoiselle, est-ce que vous n'avez point d'oreille? Moi qui ne suis pas au clavecin, et qui ne vois pas sur votre livre, je sens qu'il faut un sol. Vous donnez une peine infinie à Monsieur. Je ne conçois pas sa patience. Vous ne retenez rien de ce qu'il vous dit. Vous n'avancez point . . . » Alors je rabattais un peu les coups, et hochant de la tête, je disais, «Pardonnez-moi, Madame, pardonnez-moi. Cela pourrait aller mieux, si Mademoiselle voulait; si elle étudiait un peu; mais cela ne va pas mal.» La mère: «A votre place, je la tiendrais un an sur la même pièce.—Oh pour cela, elle n'en sortira pas qu'elle ne soit au-dessus de toutes les difficultés; et cela ne sera pas si long que Madame le croit.» La mère: «Monsieur Rameau, vous la flattez; vous êtes trop bon. Voilà de sa leçon la seule chose qu'elle retiendra et qu'elle saura bien me répéter dans l'occasion.»—L'heure se passait. Mon écolière me présentait le petit cachet, avec la grâce du bras et la révérence qu'elle avait apprise du maître à danser. Je le mettais dans ma poche, pendant que la mère disait: «Fort bien, Mademoiselle. Si Javillier était là, il vous applaudirait.» Je bavardais encore un moment par bienséance; je disparaissais ensuite, et voilà ce qu'on appelait alors une leçon d'accompagnement.

MOI.—Et aujourd'hui, c'est donc autre chose.

LUI.—Vertudieu, je le crois. J'arrive. Je suis grave. Je me hâte d'ôter mon manchon. J'ouvre le clavecin. J'essaie les touches. Je suis toujours pressé: si l'on me fait attendre un moment, je crie comme si l'on me volait un écu. Dans une heure d'ici, il faut que je sois là; dans deux heures, chez madame la duchesse une telle. Je suis attendu à dîner chez une belle marquise; et au sortir de là, c'est un concert chez monsieur le baron de Bacq, rue Neuve-des-Petits-Champs.

MOI.—Et cependant vous n'êtes attendu nulle part?

LUI.—Il est vrai.

MOI.—Et pourquoi employer toutes ces petites viles ruses-là?

LUI.—Viles? et pourquoi, s'il vous plaît? Elles sont d'usage dans mon état. Je ne m'avilis point en faisant comme tout le monde. Ce n'est pas moi qui les ai inventées. Et je serais bizarre et maladroit de ne pas m'y conformer. Vraiment, je sais bien que si vous allez appliquer à cela certains principes généraux de je ne sais quelle morale qu'ils ont tous à la bouche, et qu'aucun d'eux ne pratique, il se trouvera que ce qui est blanc sera noir, et que ce qui est noir sera blanc. Mais, monsieur le philosophe, il y a une conscience générale. Comme il y une grammaire générale; et puis des exceptions dans chaque langue que vous appelez, je crois, vous autres savants, des . . . aidez-moi donc . . . des . . .

MOI.—Idiotismes.

LUI.—Tout juste. Eh bien, chaque état a ses exceptions à la conscience générale auxquelles je donnerais volontiers le nom d'idiotismes de métier.

MOI.—J'entends. Fontenelle parle bien, écrit bien quoique son style fourmille d'idiotismes français.

LUI.—Et le souverain, le ministre, le financier, le magistrat, le militaire, l'homme de lettres, l'avocat, le procureur, le commerçant, le banquier, l'artisan, le maître à chanter, le maître à danser, sont de fort honnêtes gens, quoique leur conduite s'écarte en plusieurs points de la conscience générale, et soit remplie d'idiotismes moraux. Plus l'institution des choses est ancienne, plus il y a d'idiotismes; plus les temps sont malheureux, plus les idiotismes se multiplient. Tant vaut l'homme, tant vaut le métier; et réciproquement, à la fin, tant vaut le métier, tant vaut l'homme. On fait donc valoir le métier tant qu'on peut.

MOI.—Ce que je conçois clairement à tout cet entortillage, c'est qu'il y a peu de métiers honnêtement exercés, ou peu d'honnêtes gens dans leurs métiers.

LUI.—Bon, il n'y en a point; mais en revanche, il y a peu de fripons hors de leur boutique; et tout irait assez bien, sans un certain nombre de gens qu'on appelle assidus, exacts, remplissant rigoureusement leurs devoirs, stricts, ou ce qui revient au même toujours dans leurs boutiques, et faisant leur métier depuis le matin jusqu'au soir, et ne faisant que cela. Aussi sont-ils les seuls qui deviennent opulents et qui soient estimés.

MOI.—A force d'idiotismes.

LUI.—C'est cela. Je vois que vous m'avez compris. Or donc un idiotisme de presque tous les états, car il y en a de communs à tous les pays, à tous les temps, comme il y a des sottises communes; un idiotisme commun est de se procurer le plus de pratiques que l'on peut; une sottise commune est de croire que le plus habile est celui qui en a le plus. Voilà deux exceptions à la conscience générale auxquelles il faut se plier. C'est une espèce de crédit. Ce n'est rien en soi; mais cela vaut par l'opinion. On a dit que bonne renommée valait mieux que ceinture dorée. Cependant qui a bonne renommée n'a pas ceinture dorée; et je vois qu'aujourd'hui qui a ceinture dorée ne manque guère de renommée. Il faut, autant qu'il est possible, avoir le renom et la ceinture. Et c'est mon objet, lorsque je me fais valoir par ce que vous qualifiez d'adresses viles, d'indignes petites ruses. le donne ma leçon, et je la donne bien; voilà la règle générale. le fais croire que j'en ai plus à donner que la journée n'a d'heures, voilà l'idiotisme.

MOI.—Et la leçon, vous la donnez bien.

LUI.—Oui, pas mal, passablement. La basse fondamentale du cher oncle a bien simplifié tout cela. Autrefois je volais l'argent de mon écolier; oui, je le volais; cela est sûr. Aujourd'hui, je le gagne, du moins comme les autres.

MOI.—Et le voliez-vous sans remords?

LUI.—Oh, sans remords. On dit que si un voleur vole l'autre, le diable s'en rie. Les parents regorgeaient d'une fortune acquise, Dieu sait comment; c'étaient des gens de cour, des financiers, de gros commerçants, des banquiers, des gens d'affaires. le les aidais à restituer, moi, et une foule d'autres qu'ils employaient comme moi. Dans la nature, toutes les espèces se dévorent; toutes les conditions se dévorent dans la société. Nous faisons justice les uns des autres, sans que la loi s'en mêle. La Deschamps, autrefois, aujourd'hui la Guimard venge le prince du financier; et c'est la marchande de modes, le bijoutier, le tapissier, la lingère, l'escroc, la femme de chambre, le cuisinier, le bourrelier, qui vengent le financier de la Deschamps. Au milieu de tout cela, il n'y a que l'imbécile ou l'oisif qui soit lésé, sans avoir vexé personne; et c'est fort bien fait. D'où vous voyez que ces exceptions à la conscience générale, ou ces idiotismes moraux dont on fait tant de bruit, sous la dénomination de tours du bâton ne sont rien; et qu'à tout, il n'y a que le coup d'oeil qu'il faut avoir juste.

MOI.—J'admire le vôtre.

LUI.—Et puis la misère. La voix de la conscience et de l'honneur, est bien faible, lorsque les boyaux crient. Suffit que si je deviens jamais riche, il faudra bien que je restitue, et que je suis bien résolu à restituer de toutes les manières possibles, par la table, par le jeu, par le vin, par les femmes.

MOI.—Mais j'ai peur que vous ne deveniez jamais riche.

LUI.—Moi, j'en ai le soupçon.

MOI.—Mais s'il en arrivait autrement, que feriez-vous?

LUI.—Je ferais comme tous les gueux revêtus; je serais le plus insolent maroufle qu'on eût encore vu. C'est alors que je me rappellerais tout ce qu'ils m'ont fait souffrir; et je leur rendrais bien les avanies qu'ils m'ont faites. J'aime à commander, et je commanderai. J'aime qu'on me loue et l'on me louera. J'aurai à mes gages toute la troupe villemorienne, et je leur dirai, comme on me l'a dit, «Allons, faquins, qu'on m'amuse», et l'on m'amusera; «qu'on me déchire les honnêtes gens», et on les déchirera, si l'on en trouve encore; et puis nous aurons des filles, nous nous tutoierons, quand nous serons ivres, nous nous enivrerons; nous ferons des contes; nous aurons toutes sortes de travers et de vices. Cela sera délicieux. Nous prouverons que de Voltaire est sans génie; que Buffon toujours guindé sur des échasses, n'est qu'un déclamateur ampoulé; que Montesquieu n'est qu'un bel esprit; nous reléguerons d'Alembert dans ses mathématiques, nous en donnerons sur dos et ventre à tous ces petits Catons, comme vous, qui nous méprisent par envie; dont la modestie est le manteau de l'orgueil, et dont la sobriété la loi du besoin. Et de la musique? C'est alors que nous en ferons.

MOI.—Au digne emploi que vous feriez de la richesse, je vois combien c'est grand dommage que vous soyez gueux. Vous vivriez là d'une manière bien honorable pour l'espèce humaine, bien utile à vos concitoyens; bien glorieuse pour vous.

LUI.—Mais je crois que vous vous moquez de moi; monsieur le philosophe, vous ne savez pas à qui vous vous jouez; vous ne vous doutez pas que dans ce moment je représente la partie la plus importante de la ville et de la cour. Nos opulents dans tous les états ou se sont dit à eux-mêmes ou ne sont pas dit les mêmes choses que je vous ai confiées; mais le fait est que la vie que je mènerais à leur place est exactement la leur. Voilà où vous en êtes, vous autres. Vous croyez que le même bonheur est fait pour tous. Quelle étrange vision! Le vôtre suppose un certain tour d'esprit romanesque que nous n'avons pas; une âme singulière, un goût particulier. Vous décorez cette bizarrerie du nom de vertu; vous l'appelez philosophie. Mais la vertu, la philosophie sont-elles faites pour tout le monde. En a qui peut. En conserve qui peut. Imaginez l'univers sage et philosophe; convenez qu'il serait diablement triste. Tenez, vive la philosophie; vive la sagesse de Salomon: Boire de bon vin, se gorger de mets délicats, se rouler sur de jolies femmes; se reposer dans des lits bien mollets. Excepté cela, le reste n'est que vanité.

MOI.—Quoi, défendre sa patrie?

LUI.—Vanité. Il n'y a plus de patrie. Je ne vois d'un pôle à l'autre que des tyrans et des esclaves.

MOI.—Servir ses amis?

LUI.—Vanité. Est-ce qu'on a des amis? Quand on en aurait, faudrait-il en faire des ingrats? Regardez-y bien, et vous verrez que c'est presque toujours là ce qu'on recueille des services rendus. La reconnaissance est un fardeau; et tout fardeau est fait pour être secoué.

MOI.—Avoir un état dans la société et en remplir les devoirs?

LUI.—Vanité. Qu'importe qu'on ait un état, ou non; pourvu qu'on soit riche; puisqu'on ne prend un état que pour le devenir. Remplir ses devoirs, à quoi cela mène-t-il? A la jalousie, au trouble, à la persécution. Est-ce ainsi qu'on s'avance? Faire sa cour, morbleu; faire sa cour; voir les grands; étudier leurs goûts; se prêter à leurs fantaisies; servir leurs vices; approuver leurs injustices. Voilà le secret.

MOI.—Veiller à l'éducation de ses enfants?

LUI.—Vanité. C'est l'affaire d'un précepteur.

MOI.—Mais si ce précepteur, pénétré de vos principes, néglige ses devoirs; qui est-ce qui en sera châtié?

LUI.—Ma foi, ce ne sera pas moi; mais peut-être un jour, le mari de ma fille, ou la femme de mon fils.

MOI.—Mais si l'un et l'autre se précipitent dans la débauche et les vices.

LUI.—Cela est de leur état.

MOI.—S'ils se déshonorent.

LUI.—Quoi qu'on fasse, on ne peut se déshonorer, quand on est riche.

MOI.—S'ils se ruinent.

LUI.—Tant pis pour eux.

MOI.—Je vois que, si vous vous dispensez de veiller à la conduite de votre femme, de vos enfants, de vos domestiques, vous pourriez aisément négliger vos affaires.

LUI.—Pardonnez-moi; il est quelquefois difficile de trouver de l'argent; et il est prudent de s'y prendre de loin.

MOI.—Vous donnerez peu de soins à votre femme.

LUI.—Aucun, s'il vous plaît. Le meilleur procédé, je crois, qu'on puisse avoir avec sa chère moitié, c'est de faire ce qui lui convient. A votre avis, la société ne serait-elle pas fort amusante, si chacun y était à sa chose?

MOI.—Pourquoi pas? La soirée n'est jamais plus belle pour moi que quand je suis content de ma matinée.

LUI.—Et pour moi aussi.

MOI.—Ce qui rend les gens du monde si délicats sur leurs amusements, c'est leur profonde oisiveté.

LUI.—Ne croyez pas cela. Ils s'agitent beaucoup.

MOI.—Comme ils ne se lassent jamais, ils ne se délassent jamais.

LUI.—Ne croyez pas cela. Ils sont sans cesse excédés.

MOI.—Le plaisir est toujours une affaire pour eux, et jamais un besoin.

LUI.—Tant mieux, le besoin est toujours une peine

MOI.—Ils usent tout. Leur âme s'hébète. L'ennui s'en empare. Celui qui leur ôterait la vie, au milieu de leur abondance accablante, les servirait. C'est qu'ils ne connaissent du bonheur que la partie qui s'émousse le plus vite. le ne méprise pas les plaisirs des sens. l'ai un palais aussi, et il est flatté d'un mets délicat, ou d'un vin délicieux. l'ai un coeur et des yeux; et j'aime à voir une jolie femme. J'aime à sentir sous ma main la fermeté et là rondeur de sa gorge; à presser ses lèvres des miennes; à puiser la volupté dans ses regards, et à en expirer entre ses bras. Quelquefois avec mes amis, une partie de débauche, même un peu tumultueuse, ne me déplaît pas. Mais je ne vous dissimulerai pas, il m'est infiniment plus doux encore d'avoir secouru le malheureux, d'avoir terminé une affaire épineuse, donné un conseil salutaire, fait une lecture agréable; une promenade avec un homme ou une femme chère à mon coeur; passé quelques heures instructives avec mes enfants, écrit une bonne page, rempli les devoirs de mon état; dit à celle que j'aime quelques choses tendres et douces qui amènent ses bras autour de mon col. Je connais telle action que je voudrais avoir faite pour tout ce que je possède. C'est un sublime ouvrage que Mahomet; j'aimerais mieux avoir réhabilité la mémoire des Calas. Un homme de ma connaissance s'était réfugié à Carthagène. C'était un cadet de famille, dans un pays où la coutume transfère tout le bien aux aînés. Là il apprend que son aîné, enfant gâté, après avoir dépouillé son père et sa mère, trop faciles, de tout ce qu'ils possédaient, les avait expulsés de leur château, et que les bons vieillards languissaient indigents, dans une petite ville de la province. Que fait alors ce cadet qui, traité durement par ses parents, était allé tenter la fortune au loin, il leur envoie des secours; il se hâte d'arranger ses affaires. Il revient opulent. Il ramène son père et sa mère dans leur domicile. Il marie ses soeurs. Ah, mon cher Rameau; cet homme regardait cet intervalle, comme le plus heureux de sa vie. C'est les larmes aux yeux qu'il m'en parlait: et moi, je sens en vous faisant ce récit, mon coeur se troubler de joie, et le plaisir me couper la parole.

LUI.—Vous êtes des êtres bien singuliers!

MOI.—Vous êtes des êtres bien à plaindre, si vous n'imaginez pas qu'on s'est élevé au-dessus du sort, et qu'il est impossible d'être malheureux, à l'abri de deux belles actions, telles que celle-ci.

LUI.—Voilà une espèce de félicité avec laquelle j'aurai de la peine à me familiariser, car on la rencontre rarement. Mais à votre compte, il faudrait donc être d'honnêtes gens?

MOI.—Pour être heureux? Assurément.

LUI.—Cependant, je vois une infinité d'honnêtes gens qui ne sont pas heureux; et une infinité de gens qui sont heureux sans être honnêtes.

MOI.—Il vous semble.

LUI.—Et n'est-ce pas pour avoir eu du sens commun et de la franchise un moment, que je ne sais où aller souper ce soir?

MOI.—Hé non, c'est pour n'en avoir pas toujours eu. C'est pour n'avoir pas senti de bonne heure qu'il fallait d'abord se faire une ressource indépendante de la servitude.

LUI.—Indépendante ou non, celle que je me suis faite est au moins la plus aisée. Et de faire ce que vous ne désapprouvez pas au simple, et ce qui me répugne un peu au figuré?

MOI.—C'est mon avis.

LUI.—Indépendamment de cette métaphore qui me déplaît dans ce moment, et qui ne me déplaira pas dans un autre.

MOI.—Quelle singularité!

LUI.—Il n'y a rien de singulier à cela. Je veux bien être abject, mais je veux que ce soit sans contrainte. Je veux bien descendre de ma dignité . . . Vous riez?

MOI.—Oui, votre dignité me fait rire.

LUI.—Chacun a la sienne; je veux bien oublier la mienne, mais à ma discrétion, et non à l'ordre d'autrui. Faut-il qu'on puisse me dire: rampe, et que je sois obligé de ramper? C'est l'allure du ver; c'est mon allure; nous la suivons l'un et l'autre, quand on nous laisse aller; mais nous nous redressons, quand on nous marche sur la queue. On m'a marché sur la queue, et je me redresserai. Et puis vous n'avez pas d'idée de la pétaudière dont il s'agit. Imaginez un mélancolique et maussade personnage, dévoré de vapeurs, enveloppé dans deux ou trois tours de robe de chambre; qui se déplaît à lui-même, à qui tout déplaît; qu'on fait à peine sourire, en se disloquant le corps et l'esprit, en cent manières diverses; qui considère froidement les grimaces plaisantes de mon visage, et celles de mon jugement qui sont plus plaisantes encore; car entre nous, ce père Noël, ce vilain bénédictin si renommé pour les grimaces; malgré ses succès à la

Cour, n'est, sans me vanter ni lui non plus, à comparaison de moi, qu'un polichinelle de bois. J'ai beau me tourmenter pour atteindre au sublime des Petites-Maisons, rien n'y fait. Rira-t-il? ne rira-t-il pas? Voilà ce que je suis forcé de me dire au milieu de mes contorsions; et vous pouvez juger combien cette incertitude nuit au talent. Mon hypocondre, la tête renfoncée dans un bonnet de nuit qui lui couvre les yeux, a l'air d'une pagode immobile à laquelle on aurait attaché un fil au menton, d'où il descendrait jusque sous son fauteuil. On attend que le fil se tire, et il ne se tire point; ou s'il arrive que la mâchoire s'entrouvre, c'est pour articuler un mot désolant, un mot qui vous apprend que vous n'avez point été aperçu, et que toutes vos singeries sont perdues; ce mot est la réponse à une question que vous lui aurez faite il y a quatre jours; ce mot dit, le ressort mastoïde se détend et la mâchoire se referme . . .

Puis il se mit à contrefaire son homme; il s'était placé dans une chaise, la tête fixe, le chapeau jusque sur ses paupières, les yeux à demi clos, les bras pendants, remuant sa mâchoire, comme un automate, et disant:

«Oui, vous avez raison, Mademoiselle. Il faut mettre de la finesse là.» C'est que cela décide; que cela décide toujours, et sans appel; le soir, le matin, à la toilette, à dîner, au café; au jeu, au théâtre, à souper, au lit, et Dieu me le pardonne, je crois entre les bras de sa maîtresse Je ne suis pas à portée d'entendre ces dernières décisions-ci; mais je suis diablement las des autres. Triste, obscur, et tranché, comme le destin; tel est notre patron.

Vis-à-vis, c'est une bégueule qui joue l'importance à qui l'on se résoudrait à dire qu'elle est jolie, parce qu'elle l'est encore; quoiqu'elle ait sur le visage quelques gales par-ci par-là, et qu'elle courre après le volume de Madame Bouvillon. J'aime les chairs, quand elles sont belles; mais aussi trop est trop; et le mouvement est si essentiel à la matière! Item, elle est plus méchante plus fière et plus bête qu'une oie. Item, elle veut avoir dé l'esprit. Item, il faut lui persuader qu'on lui en croit comme à personne. Item, cela ne sait rien, et cela décide aussi. Item, il faut applaudir à ces décisions, des pieds et des mains, sauter d'aise, se transir d'admiration que cela est beau, délicat, bien dit, finement vu, singulièrement senti. Où les femmes prennent-elles cela? Sans étude, par la seule force de l'instinct, par la seule lumière naturelle cela tient du prodige. Et puis qu'on vienne nous dire que l'expérience, l'étude, la réflexion, l'éducation y font quelque chose, et autres pareilles sottises; et pleurer de joie. Dix fois dans la journée, se courber, un genou fléchi en devant, l'autre jambe tirée en arrière. Les bras étendus vers la déesse, chercher son désir dans ses yeux, rester suspendu à sa lèvre, attendre son ordre et partir comme un éclair. Qui est-ce qui peut s'assujettir à un rôle pareil, si ce n'est le misérable qui trouve là, deux ou trois fois la semaine, de quoi calmer la tribulation de ses intestins? Que penser des autres, tels que le Palissot, le Fréron, les Poinsinets, le Baculard qui ont quelque chose, et dont les bassesses ne peuvent s'excuser par le borborygme d'un estomac qui souffre?

MOI.—Je ne vous aurais jamais cru si difficile.

LUI.—Je ne le suis pas. Au commencement je voyais faire les autres, et je faisais comme eux, même un peu mieux; parce que je suis plus franchement impudent, meilleur comédien, plus affamé, fourni de meilleurs poumons. le descends apparemment en droite ligne du fameux Stentor.

Et pour me donner une juste idée de la force de ce viscère, il se mit à tousser d'une violence à ébranler les vitres du café, et à suspendre l'attention des joueurs d'échecs.

MOI.—Mais à quoi bon ce talent?

LUI.—Vous ne le devinez pas?

MOI.—Non. le suis un peu borné.

LUI.—Supposez la dispute engagée et la victoire incertaine: je me lève, et déployant mon tonnerre, je dis: «Cela est, comme Mademoiselle l'assure. C'est là ce qui s'appelle juger. Je le donne en cent à tous nos beaux esprits. L'expression est de génie.» Mais il ne faut pas toujours approuver de la même manière. On serait monotone. On aurait l'air faux. On deviendrait insipide. On ne se sauve de là que par du jugement, de la fécondité: il faut savoir préparer et placer ces tons majeurs et péremptoires, saisir l'occasion et le moment; lors par exemple, qu'il y a partage entre les sentiments; que la dispute s'est élevée à son dernier degré de violence; qu'on ne s'entend plus; que tous parlent à la fois; il faut être placé à l'écart, dans l'angle de l'appartement le plus éloigné du champ de bataille, avoir préparé son explosion par un long silence, et tomber subitement comme une comminge, au milieu des contendants. Personne n'a eu cet art comme moi. Mais où je suis surprenant, c'est dans l'opposé; j'ai des petits tons que j'accompagne d'un sourire; une variété infinie de mines approbatives: là, le nez, la bouche, le front, les yeux entrent en jeu; j'ai une souplesse de reins; une manière de contourner l'épine du dos, de hausser ou de baisser les épaules, d'étendre les doigts, d'incliner la tête, de fermer les yeux, et d'être stupéfait, comme si j'avais entendu descendre du ciel une voix angélique et divine. C'est là ce qui flatte. le ne sais si vous saisissez bien toute l'énergie de cette dernière attitude-là. le ne l'ai point inventée, mais personne ne m'a surpassé dans l'exécution. Voyez. Voyez.

MOI.—Il est vrai que cela est unique.

LUI.—Croyez-vous qu'il y ait cervelle de femme un peu vaine qui tienne à cela?

MOI.—Non. Il faut convenir que vous avez porté le talent de faire des fous, et de s'avilir aussi loin qu'il est possible.

LUI.—Ils auront beau faire, tous tant qu'ils sont, ils n'en viendront jamais là. Le meilleur d'entre eux, Palissot, par exemple, ne sera jamais qu'un bon écolier. Mais si ce rôle amuse d'abord, et si l'on goûte quelque plaisir à se moquer en dedans, de la bêtise de ceux qu'on enivre, à la longue cela ne pique plus; et puis après un certain nombre de découvertes, on est forcé de se répéter. L'esprit et l'art ont leurs limites. Il n'y a que Dieu ou quelques génies rares pour qui la carrière s'étend, à mesure qu'ils y avancent. Bouret en est un peut-être. Il y a de celui-ci des traits qui m'en donnent, à moi, oui à moi-même, la plus sublime idée. Le petit chien, le Livre de la Félicité les flambeaux sur la route de Versailles sont de ces choses qui me confondent et m'humilient. Ce serait capable de dégoûter du métier.

MOI.—Que voulez-vous dire avec votre petit chien?

LUI.—D'où venez-vous donc? Quoi, sérieusement vous ignorez comment cet homme rare s'y prit pour détacher de lui et attacher au garde des sceaux un petit chien qui plaisait à celui-ci?

MOI.—Je l'ignore, je le confesse.

LUI.—Tant mieux. C'est une des plus belles choses qu'on ait imaginées; toute l'Europe en a été émerveillée, et il n'y a pas un courtisan dont elle n'ait excité l'envie. Vous qui ne manquez pas de sagacité, voyons comment vous vous y seriez pris à sa place. Songez que Bouret était aimé de son chien. Songez que le vêtement bizarre du ministre effrayait le petit animal. Songez qu'il n'avait que huit jours pour vaincre les difficultés. Il faut connaître toutes les conditions du problème, pour bien sentir le mérite de la solution. Eh bien?

MOI.—Eh bien, il faut que je vous avoue que dans ce genre, les choses les plus faciles m'embarrasseraient.

LUI.—Écoutez, me dit-il, en me frappant un petit coup sur l'épaule, car il est familier; écoutez et admirez. Il se fait faire un masque qui ressemble au garde des sceaux; il emprunte d'un valet de chambre la volumineuse simarre. Il se couvre le visage du masque. Il endosse la simarre. Il appelle son chien; il le caresse. Il lui donne la gimblette. Puis tout à coup, changeant de décoration, ce n'est plus le garde des sceaux; c'est Bouret qui appelle son chien et qui le fouette. En moins de deux ou trois jours de cet exercice continué du matin au soir, le chien sait fuir Bouret le fermier général, et courir à Bouret le garde des sceaux. Mais je suis trop bon. Vous êtes un profane qui ne méritez pas d'être instruit des miracles qui s'opèrent à côté de vous.

MOI.—Malgré cela, je vous prie, le livre, les flambeaux?

LUI.—Non, non. Adressez-vous aux pavés qui vous diront ces choses-là; et profitez de la circonstance qui nous a rapprochés, pour apprendre des choses que personne ne sait que moi.

MOI.—Vous avez raison.

LUI.—Emprunter la robe et la perruque, j'avais oublié la perruque, du garde des sceaux! Se faire un masque qui lui ressemble! Le masque surtout me tourne la tête. Aussi cet homme jouit-il de la plus haute considération. Aussi possède-t-il des millions. Il y a des croix de Saint-Louis qui n'ont pas de pain; aussi pourquoi courir après la croix, au hasard de se faire échiner, et ne pas se tourner vers un état sans péril qui ne manque jamais sa récompense? Voilà ce qui s'appelle aller au grand. Ce' modèles-là sont décourageants. On a pitié de soi; et l'on s'ennuie. Le masque! le masque! Je donnerais un de mes doigts, pour avoir trouvé le masque.

MOI.—Mais avec cet enthousiasme pour les belles choses, et cette fertilité de génie que vous possédez, est-ce que vous n'avez rien inventé?

LUI.—Pardonnez-moi; par exemple, l'attitude admirative du dos dont je vous ai parlé; je la regarde comme mienne, quoiqu'elle puisse peut-être m'être contestée par des envieux. Je crois bien qu'on l'a employée auparavant; mais qui est-ce qui a senti combien elle était commode pour rire en dessous de l'impertinent qu'on admirait? J'ai plus de cent façons d'entamer la séduction d'une jeune fille, à côté de sa mère, sans que celle-ci s'en aperçoive, et même de la rendre complice. A peine entrais-je dans la carrière que je dédaignai toutes les manières vulgaires de glisser un billet doux. J'ai dix moyens de me le faire arracher, et parmi ces moyens, j'ose me flatter qu'il y en a de nouveaux. Je possède surtout le talent d'encourager un jeune homme timide, j'en ai fait réussir qui n'avaient ni esprit ni figure. Si cela était écrit je crois qu'on m'accorderait quelque génie.

MOI.—Vous ferait un honneur singulier?

LUI.—Je n'en doute pas.

MOI.—A votre place, je jetterais ces choses-là sur le papier. Ce serait dommage qu'elles se perdissent.

LUI.—Il est vrai; mais vous ne soupçonnez pas combien je fais peu de cas de la méthode et des préceptes. Celui qui a besoin d'un protocole n'ira jamais loin. Les génies lisent peu, pratiquent beaucoup, et se font d'eux-mêmes. Voyez César, Turenne, Vauban, la marquise de Tencin, son frère le cardinal, et le secrétaire de celui-ci l'abbé Trublet. Et Bouret? qui est-ce qui a donné des leçons à Bouret? personne. C'est la nature qui forme ces hommes rares-là. Croyez-vous que l'histoire du chien et du masque soit écrite quelque part?

MOI.—Mais à vos heures perdues; lorsque l'angoisse de votre estomac vide ou la fatigue de votre estomac surchargé éloigne le sommeil . . .

LUI.—J'y penserai; il vaut mieux écrire de grandes choses que d'en exécuter de petites. Alors l'âme s'élève; l'imagination s'échauffe, s'enflamme et s'étend; au lieu qu'elle se rétrécit à s'étonner auprès de la petite Hus des applaudissements que ce sot public s'obstine à prodiguer à cette minaudière de Dangeville, qui joue si platement, qui marche presque courbée en deux sur la scène, qui a l'affectation de regarder sans cesse dans les yeux de celui à qui elle parle, et de jouer en dessous, et qui prend elle-même ses grimaces pour de la finesse, son petit trotter pour de la grâce; à cette emphatique Clairon qui est plus maigre, plus apprêtée, plus étudiée, plus empesée qu'on ne saurait dire. Cet imbécile parterre les claque à tout rompre, et ne s'aperçoit pas que nous sommes un peloton d'agréments; il est vrai que le peloton grossit un peu; mais qu'importe? que nous avons la plus belle peau; les plus beaux yeux, le plus joli bec; peu d'entrailles à la vérité; une démarche qui n'est pas légère, mais qui n'est pas non plus aussi gauche qu'on le dit. Pour le sentiment, en revanche, il n'y en a aucune à qui nous ne damions le pion.

MOI.—Comment dites-vous tout cela? Est-ce ironie, ou vérité?

LUI.—Le mal est que ce diable de sentiment est tout en dedans, et qu'il n'en transpire pas une lueur au-dehors. Mais moi qui vous parle, je sais et je sais bien qu'elle en a. Si ce n'est pas cela précisément, c'est quelque chose comme cela. Il faut voir, quand l'humeur nous prend, comme nous traitons les valets, comme les femmes de chambres sont souffletées, comme nous menons à grands coups de pied les Parties Casuelles, pour peu qu'elles s'écartent du respect qui nous est dû. C'est un petit diable, vous dis-je, tout plein de sentiment et de dignité . . . Ho, ça; vous ne savez où vous en êtes, n'est-ce pas?

46

MOI.—J'avoue que je ne saurais démêler si c'est de bonne foi ou méchamment que vous parlez. Je suis un bon homme; ayez la bonté d'en user avec moi plus rondement; et de laisser là votre art.

LUI.—Cela, c'est ce que nous débitons à la petite Hus, de la Dangeville et de la Clairon, mêlé par-ci par-là de quelques mots qui vous donnassent l'éveil. Je consens que vous me preniez pour un vaurien; mais non pour un sot; et il n'y aurait qu'un sot ou un homme perdu d'amour qui pût dire sérieusement tant d'impertinences.

MOI.—Mais comment se résout-on à les dire?

LUI.—Cela ne se fait pas tout d'un coup; mais petit à petit, on y vient. Ingenii largitor venter.

MOI.—Il faut être pressé d'une cruelle faim.

LUI.—Cela se peut. Cependant, quelques fortes qu'elles vous paraissent, croyez que ceux à qui elles s'adressent sont plutôt accoutumés à les entendre que nous à les hasarder.

MOI.—Est-ce qu'il y a là quelqu'un qui ait le courage d'être de votre avis?

LUI.—Qu'appelez-vous quelqu'un? C'est le sentiment et le langage de toute la société.

MOI.—Ceux d'entre vous qui ne sont pas de grands vauriens, doivent être de grands sots.

LUI.—Des sots là? Je vous jure qu'il n'y en a qu'un; c'est celui qui nous fête, pour lui en imposer.

MOI.—Mais comment s'en laisse-t-on si grossièrement imposer? car enfin la supériorité des talents de la Dangeville et de la Clairon est décidée.

LUI.—On avale à pleine gorgée le mensonge qui nous flatte; et l'on boit goutte à goutte une vérité qui nous est amère. Et puis nous avons l'air si pénétré, si vrai!

MOI.—Il faut cependant que vous ayez péché une fois contre les principes de l'art et qu'il vous soit échappé par mégarde quelques-unes de ces vérités amères qui blessent; car en dépit du rôle misérable, abject, vil, abominable que vous faites, je crois qu'au fond, vous avez l'âme délicate.

LUI.—Moi, point du tout. Que le diable m'emporte si je sais au fond ce que je suis. En général, j'ai l'esprit rond comme une boule, et le caractère franc comme l'osier; jamais faux, pour peu que j'aie intérêt d'être vrai; jamais vrai pour peu que j'aie intérêt d'être faux. Je dis les choses comme elles me viennent, sensées, tant mieux; impertinentes, on n'y prend pas garde. J'use en plein de mon franc-parler. Je n'ai pensé de ma vie ni avant que de dire, ni en disant, ni après avoir dit. Aussi je n'offense personne.

MOI.—Cela vous est pourtant arrivé avec les honnêtes gens chez qui vous viviez, et qui avaient pour vous tant de bontés.

LUI.—Que voulez-vous? C'est un malheur; un mauvais moment, comme il y en a dans la vie. Point de félicité continue; j'étais trop bien. Cela ne pouvait durer. Nous avons, comme vous savez, la compagnie la plus nombreuse et la mieux choisie. C'est une école d'humanité, le renouvellement de l'antique hospitalité. Tous les poètes qui tombent, nous les ramassons. Nous eûmes Palissot après sa Zara; Bret, après le Faux généreux; tous les musiciens décriés; tous les auteurs qu'on ne lit point; toutes les actrices sifflées; tous les acteurs hués; un tas de pauvres honteux, plats parasites à la tête desquels j'ai l'honneur d'être, brave chef d'une troupe timide. C'est moi qui les exhorte à manger la première fois qu'ils viennent; c'est moi qui demande à boire pour eux. Ils tiennent si peu de place! quelques jeunes gens déguenillés qui ne savent où donner de la tête, mais qui ont de la figure, d'autres scélérats qui cajolent le patron et qui l'endorment, afin de glaner après lui sur la patronne. Nous paraissons gais; mais au fond nous avons tous de l'humeur et grand appétit. Des loups ne sont pas plus affamés; des tigres ne sont pas plus cruels. Nous dévorons comme des loups, lorsque la terre a été longtemps couverte de neige; nous déchirons comme des tigres, tout ce qui réussit. Quelquefois, les cohues Bertin, Montsauge et Villemorien se réunissent; c'est alors qu'il se fait un beau bruit dans la ménagerie. Jamais on ne vit ensemble tant de bêtes tristes, acariâtres, malfaisantes et courroucées. On n'entend que les noms de Buffon, de Duclos, de Montesquieu, de Rousseau, de Voltaire, de D'Alembert, de Diderot, et Dieu sait de quelles épithètes ils sont accompagnés. Nul n'aura de l'esprit, s'il n'est aussi sot que nous. C'est là que le plan de la comédie des Philosophes a été conçu; la scène du colporteur, c'est moi qui l'ai fournie, d'après la Théologie en Quenouille, Vous n'êtes pas épargné là plus qu'un autre.

MOI.—Tant mieux. Peut-être me fait-on plus d'honneur que je n'en mérite. Je serais humilié, si ceux qui disent du mal de tant d'habiles et honnêtes gens, s'avisaient de dire du bien de moi.

LUI.—Nous sommes beaucoup, et il faut que chacun paye son écot. Après le sacrifice des grands animaux, nous immolons les autres.

MOI.—Insulter la science et la vertu pour vivre, voilà du pain bien cher.

LUI.—Je vous l'ai déjà dit, nous sommes sans conséquence. Nous injurions tout le monde et nous n'affligeons personne. Nous avons quelquefois le pesant abbé d'Olivet, le gros abbé Le Blanc, l'hypocrite Batteux. Le gros abbé n'est méchant qu'avant dîner. Son café pris il se jette dans un fauteuil, les pieds appuyés contre là tablette de la cheminée, et s'endort comme un vieux perroquet sur son bâton. Si le vacarme devient violent, il bâille; il étend ses bras; il frotte ses yeux, et dit: Eh bien, qu'est-ce? Qu'est-ce?—il s'agit de savoir si Piron à plus d'esprit que de Voltaire.—Entendons-nous. C'est de l'esprit que vous dites? il ne s'agit pas de goût, car du goût, votre Piron ne s'en doute pas.—Ne s'en doute pas?—Non.—Et puis nous voilà embarqués dans une dissertation sur le goût. Alors le patron fait signe de la main qu'on l'écoute; car c'est surtout de goût qu'il se pique.» Le goût, dit-il . . . le goût est une chose . . . » ma foi, je ne sais quelle chose il disait que c'était; ni lui, non plus.

Nous avons quelquefois l'ami Robbé. Il nous régale de ses contes cyniques, des miracles des convulsionnaires dont il a été le témoin oculaire; et de quelques chants de son poème sur un sujet qu'il connaît à fond. Je hais ses vers; mais j'aime à l'entendre réciter. Il a l'air d'un énergumène. Tous s'écrient autour de lui: «voilà ce qu'on appelle un poète». Entre nous, cette poésie-là n'est qu'un charivari de toutes sortes de bruits confus, le ramage barbare des habitants de la tour de Babel.

Il nous vient aussi un certain niais qui a l'air plat et bête, mais qui a de l'esprit comme un démon et qui est plus malin qu'un vieux singe; c'est une de ces figures qui appellent la plaisanterie et les nasardes, et que Dieu fit pour la correction des gens qui jugent à la mine, et à qui leur miroir aurait dû apprendre qu'il est aussi aisé d'être un homme d'esprit et d'avoir l'air d'un sot que de cacher un sot sous une physionomie spirituelle. C'est une lâcheté bien commune que celle d'immoler un bon homme à l'amusement des autres. On ne manque jamais de s'adresser à celui-ci. C'est un piège que nous tendons aux nouveaux venus, et je n'en ai presque pas vu un seul qui n'y donnât.

J'étais quelquefois surpris de la justesse des observations de ce fou, sur les hommes et sur les caractères; et je le lui témoignai.

C'est, me répondit-il, qu'on tire parti de la mauvaise compagnie, comme du libertinage. On est dédommagé de la perte de son innocence, par celle de ses préjugés. Dans la société des méchants, où le vice se montre à masque levé, on apprend à les connaître. Et puis j'ai un peu lu.

MOI.—Qu'avez-vous lu?

LUI.—J'ai lu et je lis et relis sans cesse Théophraste, La Bruyère et Molière.

MOI.—Ce sont d'excellents livres.

LUI.—Ils sont bien meilleurs qu'on ne pense; mais qui est-ce qui sait les lire?

MOI.—Tout le monde, selon la mesure de son esprit.

LUI.—Presque personne. Pourriez-vous me dire ce qu'on y cherche?

MOI.—L'amusement et l'instruction.

LUI.—Mais quelle instruction; car c'est là le point?

MOI.—La connaissance de ses devoirs; l'amour de la vertu, la haine du vice.

LUI.—Moi, j'y recueille tout ce qu'il faut faire, et tout ce qu'il ne faut pas dire. Ainsi quand je lis l'Avare; je me dis: sois avare, si tu veux; mais garde-toi de parler comme l'avare. Quand je lis le Tartuffe, je me dis: sois hypocrite, si tu veux; mais ne parle pas comme l'hypocrite. Garde des vices qui te sont utiles; mais n'en aie ni le ton ni les apparences qui te rendraient ridicule. Pour se garantir de ce ton, de ces apparences, il faut les connaître. Or, ces auteurs en ont fait des peintures excellentes. le suis moi et je reste ce que je suis; mais j'agis et je parle comme il convient. Je ne suis pas de ces gens qui méprisent les moralistes. Il y a beaucoup à profiter, surtout en ceux qui ont mis la morale en action. Le vice ne blesse les hommes que par intervalle. Les caractères apparents du vice les blessent du matin au soir. Peut-être vaudrait-il mieux être un insolent que d'en avoir la physionomie; l'insolent de caractère n'insulte que de temps en temps; l'insolent de physionomie insulte toujours. Au reste n'allez pas imaginer que je sois le seul lecteur de mon espèce. Je n'ai d'autre mérite ici, que d'avoir fait par système, par justesse d'esprit, par une vue raisonnable et vraie, ce que la plupart des autres font par instinct. De là vient que leurs lectures ne les rendent pas meilleurs que moi; mais qu'ils restent ridicules, en dépit d'eux, au lieu que je ne le suis que quand je veux, et que je les laisse alors loin derrière moi; car le même art qui m'apprend à me sauver du ridicule en certaines occasions, m'apprend aussi dans d'autres à l'attraper supérieurement. Je me rappelle alors tout ce que les autres ont dit, tout ce que j'ai lu, et j'y ajoute tout ce qui sort de mon fonds qui est en ce genre d'une fécondité surprenante.

MOI.—Vous avez bien fait de me révéler ces mystères; sans quoi, je vous aurais cru en contradiction.

LUI.—Je n'y suis point; car pour une fois où il faut éviter le ridicule; heureusement, il y en a cent où il faut s'en donner. Il n'y a point de meilleur rôle auprès des grands que celui de fou. Longtemps il y a eu le fou du roi en titre; en aucun, il n'y a eu en titre le sage du roi. Moi je suis le fou de Bertin et de beaucoup d'autres, le vôtre peut-être dans ce moment; ou peut-être vous, le mien. Celui qui serait sage n'aurait point de fou. Celui donc qui a un fou n'est pas sage; s'il n'est pas sage, il est fou, et peut-être, fût-il roi, le fou de son fou. Au reste, souvenez-vous que dans un sujet aussi variable que les moeurs, il n'y a d'absolument, d'essentiellement, de généralement vrai ou faux, sinon qu'il faut être ce que l'intérêt veut qu'on soit; bon ou mauvais; sage ou fou, décent ou ridicule; honnête ou vicieux. Si par hasard la vertu avait conduit à la fortune; ou j'aurais été vertueux, ou j'aurais simulé la vertu comme un autre. On m'a voulu ridicule, et je me le suis fait; pour vicieux, nature seule en avait fait les frais. Quand je dis vicieux, c'est pour parler votre langue; car si nous venions à nous expliquer, il pourrait arriver que vous appelassiez vice ce que j'appelle vertu, et vertu ce que j'appelle vice.

Nous avons aussi les auteurs de l'Opéra-Comique, leurs acteurs, et leurs actrices; et plus souvent leurs entrepreneurs Corby, Moette . . . tous gens de ressource et d'un mérite supérieur!

Et j'oubliais les grands critiques de la littérature. L'Avant-Coureur, Les Petites Affiches, L'Année littéraire, L'Observateur littéraire, Le Censeur hebdomadaire, toute la clique des feuillistes.

MOI.—L'Année littéraire; L'Observateur littéraire. Cela ne se peut. Ils se détestent.

LUI.—Il est vrai. Mais tous les gueux se réconcilient à la gamelle. Ce maudit Observateur littéraire. Que le diable l'eût emporté, lui et ses feuilles. C'est ce chien de petit prêtre avare, puant et usurier qui est la cause de mon désastre. Il parut sur notre horizon, hier, pour la première fois. Il arriva à l'heure qui nous chasse tous de nos repaires, l'heure du dîner. Quand il fait mauvais temps, heureux celui d'entre nous qui a la pièce de vingt-quatre sols dans sa poche. Tel s'est moqué de son confrère qui était arrivé le matin crotté jusqu'à l'échine et mouillé jusqu'aux os, qui le soir rentre chez lui dans le même état. Il y en eut un, je ne sais plus lequel, qui eut, il y a quelques mois, un démêlé violent avec le Savoyard qui s'est établi à notre porte. Ils étaient en compte courant; le créancier voulait que son débiteur se liquidât, et celui-ci n'était pas en fonds. On sert; on fait les honneurs de la table à l'abbé, on le place au haut bout.

J'entre, je l'aperçois.» Comment, l'abbé, lui dis-je, vous présidez? voilà qui est fort bien pour aujourd'hui; mais demain, vous descendrez, s'il vous plaît, d'une assiette; après-demain, d'une autre assiette; et ainsi d'assiette en assiette, soit à droite, soit à gauche, jusqu'à ce que de la place que j'ai occupée une fois avant vous, Fréron une fois après moi, Dorat une fois après Fréron, Palissot une fois après Dorat, vous deveniez stationnaire à côté de moi, pauvre plat bougre comme vous, qui siedo sempre come un maestoso cazzo fra duoi coglioni.» L'abbé qui est bon diable et qui prend tout bien, se mit à rire. Mademoiselle, pénétrée de la vérité de mon observation et de la justesse de ma comparaison, se mit à rire; tous ceux qui siégeaient à droite et à gauche de l'abbé et qu'il avait reculés d'un cran, se mirent à rire; tout le monde rit excepté monsieur qui se fâche et me tient des propos qui n'auraient rien signifié, si nous avions été seuls: «Rameau vous êtes un impertinent.—Je le sais bien, et c'est à cette condition que vous m'avez reçu.—Un faquin.—Comme un autre.—Un gueux.—Est-ce que je serais ici, sans cela?—Je vous ferai chasser.—Après dîner, je m'en irai de moi-même.—Je vous le conseille.»—On dîna; je n'en perdis pas un coup de dent. Après avoir bien mangé, bu largement; car après tout il n'en aurait été ni plus ni moins, messer Gaster est un personnage contre lequel je n'ai jamais boudé; je pris mon parti et je me disposais à m'en aller. J'avais engagé ma parole en présence de tant de monde qu'il fallait bien la tenir. Je fus un temps considérable à rôder dans l'appartement, cherchant ma canne et mon chapeau où ils n'étaient pas, et comptant toujours que le patron se répandrait dans un nouveau torrent d'injures, que quelqu'un s'interposerait, et que nous finirions par nous raccommoder, à force de nous fâcher. Je tournais, je tournais; car moi je n'avais rien sur le coeur; mais le patron, lui, plus sombre et plus noir que l'Apollon d'Homère, lorsqu'il décoche ses traits sur l'armée des Grecs son bonnet une fois plus renfoncé que de coutume, se promenait en long et en large, le poing sous le menton. Mademoiselle s'approche de moi.—«Mais Mademoiselle, qu'est-ce qu'il y a donc d'extraordinaire? Ai-je été différent aujourd'hui de moi-même.—Je veux qu'il sorte.—Je sortirai, je ne lui ai pas manqué.—Pardonnez-moi; on invite monsieur l'abbé, et . . .—C'est lui qui s'est manqué à lui-même en invitant l'abbé, en me recevant et avec moi tant d'autres bélitres tels que moi.—Allons, mon petit Rameau; il faut demander pardon à monsieur l'abbé.—Je n'ai que faire de son pardon . . .—Allons; allons, tout cela s'apaisera . . . » On me prend par la main, on m'entraîne vers le fauteuil de l'abbé; j'étends les bras, je contemple l'abbé avec une espèce d'admiration, car qui est-ce qui a jamais demandé pardon à l'abbé?» L'abbé, lui dis-je; L'abbé tout ceci est bien ridicule, n'est-il pas vrai?» Et puis je me mets à rire, et l'abbé aussi. Me voilà donc excusé de ce côté-là; mais il fallait aborder l'autre, et ce que j'avais à lui dire était une autre paire de manches. le ne sais plus trop comment je tournai mon excuse . . . » Monsieur, voilà ce fou.—Il y a trop longtemps qu'il me fait souffrir; je n'en veux plus entendre parler.—Il est fâché.—Oui je suis très fâché.—Cela ne lui arrivera plus.—Qu'au premier faquin.» le ne sais s'il était dans un de ces jours d'humeur où Mademoiselle craint d'en approcher et n'ose le toucher qu'avec ses mitaines de velours, ou s'il entendit mal ce que je disais, ou si je dis mal; ce fut pis qu'auparavant. Que diable, est-ce qu'il ne me connaît pas? Est-ce qu'il ne sait pas que je suis comme les enfants, et qu'il y a des circonstances où je laisse tout aller sous moi? Et puis, je crois Dieu me pardonne, que je n'aurais pas un moment de relâche. On userait un pantin d'acier à tirer la ficelle du matin au soir et du soir au matin. Il faut que je les désennuie; c'est la condition; mais il faut que je m'amuse quelquefois. Au milieu de cet imbroglio, il me passa par la tête une pensée funeste, une pensée qui me donna de la morgue, une pensée qui m'inspira de la fierté et de l'insolence: c'est qu'on ne pouvait se passer de moi, que j'étais un homme essentiel.

MOI.—Oui, je crois que vous leur êtes très utile, mais qu'ils vous le sont encore davantage. Vous ne retrouverez pas, quand vous voudrez, une aussi bonne maison; mais eux, pour un fou qui leur manque, ils en retrouveront cent.

LUI.—Cent fous comme moi! Monsieur le philosophe, ils ne sont pas si communs. Oui des plats fous. On est plus difficile en sottise qu'en talent ou en vertu. le suis rare dans mon espèce, oui, très rare. A présent qu'ils ne m'ont plus, que font-ils? Ils s'ennuient comme des chiens. le suis un sac inépuisable d'impertinences. l'avais à chaque instant une boutade qui les faisait rire aux larmes, j'étais pour eux les Petites Maisons tout entières.

MOI.—Aussi vous aviez la table, le lit, l'habit, veste et culotte, les souliers, et la pistole par mois.

LUI.—Voilà le beau côté. Voilà le bénéfice; mais les charges, vous n'en dites mot. D'abord, s'il était bruit d'une pièce nouvelle, quelque temps qu'il fît, il fallait fureter dans tous les greniers de Paris jusqu'à ce que j'en eusse trouvé l'auteur; que je me procurasse la lecture de l'ouvrage, et que j'insinuasse adroitement qu'il y avait un rôle qui serait supérieurement rendu par quelqu'un de ma connaissance.» Et par qui, s'il vous plaît?— Par qui? belle question! Ce sont les grâces, la gentillesse, la finesse.—Vous voulez dire, mademoiselle Dangeville? Par hasard la connaîtriez-vous?— Oui, un peu; mais ce n'est pas elle.—Et qui donc?» le nommais tout bas.» Elle!—Oui, elle», répétais-je un peu honteux, car j'ai quelquefois de la pudeur; et à ce nom répété, il fallait voir comme la physionomie du poète s'allongeait, et d'autres fois comme on m'éclatait au nez. Cependant, bon gré, mal gré qu'il en eût, il fallait que j'amenasse mon homme à dîner; et lui qui craignait de s'engager, rechignait, remerciait. Il fallait voir comme j'étais traité, quand je ne réussissais pas dans ma négociation: j'étais un butor, un sot, un balourd, je n'étais bon à rien; je ne valais pas le verre d'eau qu'on me donnait à boire. C'était bien pis lorsqu'on jouait, et qu'il fallait aller intrépidement, au milieu des huées d'un public qui juge bien, quoi qu'on en dise, faire entendre mes claquements de mains isolés; attacher les regards sur moi; quelquefois dérober les sifflets à l'actrice; et ouïr chuchoter à côté de soi: «C'est un des valets déguisés de celui qui couche; ce maraud-là se taira-t-il?» On ignore ce qui peut déterminer à cela, on croit que c'est ineptie, tandis que c'est un motif qui excuse tout.

MOI.—Jusqu'à l'infraction des lois civiles.

LUI.—A la fin cependant j'étais connu, et l'on disait: «Oh! c'est Rameau.» Ma ressource était de jeter quelques mots ironiques qui sauvassent du ridicule mon applaudissement solitaire, qu'on interprétait à contre sens. Convenez qu'il faut un puissant intérêt pour braver ainsi le public assemblé, et que chacune de ces corvées valait mieux qu'un petit écu.

MOI.—Que ne vous faisiez-vous prêter main-forte?

LUI.—Cela m'arrivait aussi, je glanais un peu là-dessus. Avant que de se rendre au lieu du supplice, il fallait se charger la mémoire des endroits brillants, où il importait de donner le ton. S'il m'arrivait de les oublier et de me méprendre, j'en avais le tremblement à mon retour; c'était un vacarme dont vous n'avez pas d'idée. Et puis à la maison une meute de chiens à soigner; il est vrai que je m'étais sottement imposé cette tâche; des chats dont j'avais la surintendance; j'étais trop heureux si Micou me favorisait d'un coup de griffe qui déchirât ma manchette ou ma main. Criquette est sujette à la colique; c'est moi qui lui frotte le ventre. Autrefois, Mademoiselle avait des vapeurs; ce sont aujourd'hui des nerfs. Je ne parle point d'autres indispositions légères dont on ne se gêne pas devant moi. Pour ceci, passe; je n'ai jamais prétendu contraindre. J'ai lu, je ne sais où, qu'un prince surnommé le grand restait quelquefois appuyé sur le dossier de la chaise percée de sa maîtresse. On en use à son aise avec ses familiers, et j'en étais ces jours-là, plus que personne. Je suis l'apôtre de la familiarité et de l'aisance. Je les prêchais là d'exemple, sans qu'on s'en formalisât; il n'y avait qu'à me laisser aller. Je vous ai ébauché le patron. Mademoiselle commence à devenir pesante; il faut entendre les bons contes qu'ils en font.

MOI.—Vous n'êtes pas de ces gens-là?

LUI.—Pourquoi non?

MOI.—C'est qu'il est au moins indécent de donner des ridicules à ses bienfaiteurs.

LUI.—Mais n'est-ce pas pis encore de s'autoriser de ses bienfaits pour avilir son protégé?

MOI.—Mais si le protégé n'était pas vil par lui-même, rien ne donnerait au protecteur cette autorité.

LUI.—Mais si les personnages n'étaient pas ridicules par eux-mêmes, on n'en ferait pas de bons contes. Et puis est-ce ma faute s'ils s'encanaillent? Est-ce ma faute lorsqu'ils se sont encanaillés, si on les trahit, si on les bafoue? Quand on se résout à vivre avec des gens comme nous, et qu'on a le sens commun, il y a je ne sais combien de noirceurs auxquelles il faut s'attendre. Quand on nous prend, ne nous connaît-on pas pour ce que nous sommes, pour des âmes intéressées, viles et perfides? Si l'on nous connaît, tout est bien. Il y a un pacte tacite qu'on nous fera du bien, et que tôt ou tard, nous rendrons le mal pour le bien qu'on nous aura fait. Ce pacte ne subsiste-t-il pas entre l'homme et son singe ou son perroquet? Brun jette les hauts cris que Palissot, son convive et son ami, ait fait des couplets contre lui. Palissot a dû faire les couplets et c'est Brun qui a tort. Poinsinet jette les hauts cris que Palissot ait mis sur son compte les couplets qu'il avait faits contre Brun. Palissot a dû mettre sur le compte de Poinsinet les couplets qu'il avait faits contre Brun; et c'est Poinsinet qui a tort. Le petit abbé Rey jette les hauts cris de ce que son ami Palissot lui a soufflé sa maîtresse auprès de laquelle il l'avait introduit. C'est qu'il ne fallait point introduire un Palissot chez sa maîtresse, ou se résoudre à la perdre. Palissot a fait son devoir; et c'est l'abbé Rey qui a tort. Le libraire David jette les hauts cris de ce que son associé Palissot a couché ou voulu coucher avec sa femme; la femme du libraire David jette les hauts cris de ce que Palissot a laissé croire à qui l'a voulu qu'il avait couché avec elle; que Palissot ait couché ou non avec la femme du libraire, ce qui est difficile à décider, car la femme a dû nier ce qui était, et Palissot a pu laisser croire ce qui n'était pas. Quoi qu'il en soit, Palissot a fait son rôle et c'est David et sa femme qui ont tort. Qu'Helvétius jette les hauts cris que Palissot le traduise sur la scène comme un malhonnête homme, lui à qui il doit encore l'argent qu'il lui prêta pour se faire traiter de la mauvaise santé, se nourrir et se vêtir. A-t-il dû se promettre un autre procédé, de la part d'un homme souillé de toutes sortes d'infamies, qui par passe-temps fait abjurer la religion à son ami, qui s'empare du bien de ses associés; qui n'a ni foi, ni loi, ni sentiment; qui court à la fortune, per fas et ne fas; qui compte ses jours par ses scélératesses; et qui s'est traduit lui-même sur la scène comme un des plus dangereux coquins, impudence dont je ne crois pas qu'il y ait eu dans le passé un premier exemple, ni qu'il y en ait un second dans l'avenir. Non. Ce n'est donc pas Palissot, mais c'est Helvétius qui a tort. Si l'on mène un jeune provincial à la Ménagerie de Versailles, et qu'il s'avise par sottise, de passer la main à travers les barreaux de la loge du tigre ou de la panthère; si le jeune homme laisse son bras dans la gueule de l'animal féroce, qui est-ce qui a tort? Tout cela est écrit dans le pacte tacite. Tant pis pour celui qui l'ignore ou l'oublie. Combien je justifierais par ce pacte universel et sacré, de gens qu'on accuse de méchanceté; tandis que c'est soi qu'on devrait accuser de sottise. Oui, grosse comtesse, c'est vous qui avez tort, lorsque vous rassemblez autour de vous, ce qu'on appelle parmi les gens de votre sorte, des espèces, et que ces espèces vous font des vilenies, vous en font faire, et vous exposent au ressentiment des honnêtes gens. Les honnêtes gens font ce qu'ils doivent; les espèces aussi; et c'est vous qui avez tort de les accueillir. Si Bertinhus vivait doucement, paisiblement avec sa maîtresse; si par l'honnêteté de leurs caractères, ils s'étaient fait des connaissances honnêtes; s'ils avaient appelé autour d'eux des hommes à talents, des gens connus dans la société par leur vertu; s'ils avaient réservé pour une petite compagnie éclairée et choisie, les heures de distraction qu'ils auraient dérobées à la douceur d'être ensemble, de s'aimer, de se le dire, dans le silence de la retraite; croyez-vous qu'on en eût fait ni bons ni mauvais contes. Que leur est-il donc arrivé? ce qu'ils méritaient. Ils ont été punis de leur imprudence; et c'est nous que la Providence avait destinés de toute éternité à faire justice des Bertins du jour, et ce sont nos pareils d'entre nos neveux qu'elle a destinés à faire justice des Montsauges et des Bertins à venir. Mais tandis que nous exécutons ses justes décrets sur la sottise, vous qui nous peignez tels que nous sommes, vous exécutez ses justes décrets sur nous. Que penseriez-vous de nous, si nous prétendions avec des moeurs honteuses, jouir de la considération publique; que nous sommes des insensés. Et ceux qui s'attendent à des procédés honnêtes, de la part de gens nés vicieux, de caractères vils et bas, sont-ils sages? Tout a son vrai loyer dans ce monde. Il y a deux procureurs généraux, l'un à votre porte qui châtie les délits contre la société. La nature est l'autre. Celle-ci connaît de tous les vices qui échappent aux lois. Vous vous livrez à la débauche des femmes; vous serez hydropique. Vous êtes crapuleux; vous serez poumonique. Vous ouvrez votre porte à des marauds, et vous vivez avec eux; vous serez trahis, persiflés, méprisés. Le plus court est de se résigner à l'équité de ces jugements; et de se dire à soi-même, c'est bien fait, de secouer ses oreilles, et de s'amender ou de rester ce qu'on est, mais aux conditions susdites.

MOI—Vous avez raison.

LUI—Au demeurant, de ces mauvais contes, moi, je n'en invente aucun; je m'en tiens au rôle de colporteur. Ils disent qu'il y a quelques jours, sur les cinq heures du matin, on entendit un vacarme enragé; toutes les sonnettes étaient en branle; c'étaient les cris interrompus et sourds d'un homme qui étouffe: «A moi, moi, je suffoque; je meurs.» Ces cris partaient de l'appartement du patron. On arrive, on le secourt. Notre grosse créature dont la tête était égarée, qui n'y était plus, qui ne voyait plus, comme il arrive dans ce moment, continuait de presser son mouvement, s'élevait sur ses deux mains, et du plus haut qu'elle pouvait laissait retomber sur les parties casuelles un poids de deux à trois cents livres, animé de toute la vitesse que donne la fureur du plaisir. On eut beaucoup de peine à le dégager de là. Que diable de fantaisie a un petit marteau de se placer sous une lourde enclume.

MOI.—Vous êtes un polisson. Parlons d'autre chose. Depuis que nous causons, j'ai une question sur la lèvre.

LUI.—Pourquoi l'avoir arrêtée là si longtemps?

MOI.—C'est que j'ai craint qu'elle ne fût indiscrète.

LUI.—Après ce que je viens de vous révéler, j'ignore quel secret je puis avoir pour vous.

MOI.—Vous ne doutez pas du jugement que je porte de votre caractère.

LUI.—Nullement. le suis à vos yeux un être très abject, très méprisable, et je le suis aussi quelquefois aux miens; mais rarement. Je me félicite plus souvent de mes vices que je ne m'en blâme. Vous êtes plus constant dans votre mépris.

MOI.—Il est vrai; mais pourquoi me montrer toute votre turpitude.

LUI.—D'abord, c'est que vous en connaissiez une bonne partie, et que je voyais plus à gagner qu'à perdre, à vous avouer le reste.

MOI.—Comment cela, s'il vous plaît.

LUI.—S'il importe d'être sublime en quelque genre, c'est surtout en mal. On crache sur un petit filou; mais on ne peut refuser une sorte de considération à un grand criminel. Son courage vous étonne. Son atrocité vous fait frémir. On prise en tout l'unité de caractère.

MOI.—Mais cette estimable unité de caractère, vous ne l'avez pas encore. le vous trouve de temps en temps vacillant dans vos principes. Il est incertain, si vous tenez votre méchanceté de la nature, ou de l'étude; et si l'étude vous a porté aussi loin qu'il est possible.

LUI.—J'en conviens; mais j'y ai fait de mon mieux. N'ai-je pas eu la modestie de reconnaître des êtres plus parfaits que moi? Ne vous ai-je pas parlé de Bouret avec l'admiration la plus profonde? Bouret est le premier homme du monde dans mon esprit.

MOI.—Mais immédiatement après Bouret; c'est vous.

LUI.—Non.

MOI.—C'est donc Palissot?

LUI.—C'est Palissot, mais ce n'est pas Palissot seul.

MOI.—Et qui peut être digne de partager le second rang avec lui?

LUI.—Le renégat d'Avignon.

MOI.—Je n'ai jamais entendu parler de ce renégat d'Avignon; mais ce doit être un homme bien étonnant.

LUI.—Aussi l'est-il.

MOI.—L'histoire des grands personnages m'a toujours intéressé.

LUI.—Je le crois bien. Celui-ci vivait chez un bon et honnête de ces descendants d'Abraham, promis au père des Croyants, en nombre égal à celui des étoiles.

MOI.—Chez un Juif?

LUI.—Chez un Juif. Il en avait surpris d'abord la commisération, ensuite la bienveillance, enfin la confiance la plus entière. Car voilà comme il en arrive toujours. Nous comptons tellement sur nos bienfaits, qu'il est rare que nous cachions notre secret, à celui que nous avons comblé de nos bontés. Le moyen qu'il n'y ait pas des ingrats; quand nous exposons l'homme, à la tentation de l'être impunément. C'est une réflexion juste que notre Juif ne fit pas. Il confia donc au renégat qu'il ne pouvait en conscience manger du cochon. Vous allez voir tout le parti qu'un esprit fécond sut tirer de cet aveu. Quelques mois se passèrent pendant lesquels notre renégat redoubla d'attachement. Quand il crut son Juif bien touché, bien captivé, bien convaincu par ses soins, qu'il n'avait pas un meilleur ami dans toutes les tribus d'Israël . . . Admirez la circonspection de cet homme. Il ne se hâte pas. Il laisse mûrir la poire, avant que de secouer la branche. Trop d'ardeur pouvait faire échouer son projet. C'est qu'ordinairement la grandeur de caractère résulte de la balance naturelle de plusieurs qualités opposées.

MOI.—Eh laissez là vos réflexions, et continuez votre histoire.

LUI.—Cela ne se peut. Il y a des jours où il faut que je réfléchisse. C'est une maladie qu'il faut abandonner à son cours. Où en étais-je?

MOI.—A l'intimité bien établie, entre le Juif et le renégat.

LUI.—Alors la poire était mûre . . . Mais vous ne m'écoutez pas. A quoi rêvez-vous?

MOI.—Je rêve à l'inégalité de votre ton; tantôt haut tantôt bas.

LUI.—Est-ce que le ton de l'homme vicieux peut être un?—Il arrive un soir chez son bon ami, l'air effaré, la voix entrecoupée, le visage pâle comme la mort, tremblant de tous ses membres.» Qu'avez-vous?—Nous sommes perdus.—Perdus, et comment?—Perdus, vous dis-je; perdus sans ressource.—Expliquez-vous.—Un moment, que je me remette de

61

mon effroi.—Allons, remettez-vous», lui dit le Juif; au lieu de lui dire, tu es un fieffé fripon; je ne sais ce que tu as à m'apprendre, mais tu es un fieffé fripon; tu joues la terreur.

MOI et pourquoi devait-il lui parler ainsi?

LUI.—C'est qu'il était faux, et qu'il avait passé la mesure. Cela est clair pour moi, et ne m'interrompez pas davantage.—«Nous sommes perdus, perdus sans ressource.» Est-ce que vous ne sentez pas l'affectation de ces perdus répétés.» Un traître nous a déférés à la sainte Inquisition, vous comme Juif, moi comme renégat, comme un infâme renégat.» Voyez comme le traître ne rougit pas de se servir des expressions les plus odieuses. Il faut plus de courage qu'on ne pense pour s'appeler de son nom. Vous ne savez pas ce qu'il en coûte pour en venir là.

MOI.—Non certes. Mais cet infâme renégat . . .

LUI.—Est faux; mais c'est une fausseté bien adroite. Le Juif s'effraye, il s'arrache la barbe, il se roule à terre. Il voit les sbires à sa porte; il se voit affublé du san bénito; il voit son autodafé préparé.» Mon ami, mon tendre ami, mon unique ami, quel parti prendre . . .—Quel parti? de se montrer, d'affecter la plus grande sécurité, de se conduire comme à l'ordinaire. La procédure de ce tribunal est secrète, mais lente. Il faut user de ses délais pour tout vendre. J'irai louer ou je ferais louer un bâtiment par un tiers; oui, par un tiers, ce sera le mieux. Nous y déposerons votre fortune; car c'est à votre fortune principalement qu'ils en veulent; et nous irons, vous et moi, chercher, sous un autre ciel, la liberté de servir notre Dieu et de suivre en sûreté la loi d'Abraham et de notre conscience. Le point important dans la circonstance périlleuse où nous nous trouvons, est de ne point faire d'imprudence.» Fait et dit. Le bâtiment est loué et pourvu de vivres et de matelots. La fortune du Juif est à bord. Demain, à la pointe du jour, ils mettent à la voile. Ils peuvent souper gaiement et dormir en sûreté. Demain, ils échappent à leurs persécuteurs. Pendant la nuit, le renégat se lève, dépouille le Juif de son portefeuille, de sa bourse et de ses bijoux; se rend à bord, et le voilà parti. Et vous croyez que c'est là tout? Bon, vous n'y êtes pas. Lorsqu'on me raconta cette histoire; moi, je devinai ce que je vous ai tu, pour essayer votre sagacité. Vous avez bien fait d'être un honnête homme; vous n'auriez été qu'un friponneau. Jusqu'ici le renégat n'est que cela. C'est un coquin méprisable à qui personne ne voudrait ressembler. Le sublime de sa méchanceté, c'est d'avoir été lui-même le délateur de son bon ami l'israélite, dont la sainte Inquisition s'empara à son réveil, et dont, quelques jours après, on fit un beau feu de joie. Et ce fut ainsi que le renégat devint tranquille possesseur de la fortune de ce descendant maudit de ceux qui ont crucifié Notre Seigneur.

MOI.—Je ne sais lequel des deux me fait le plus d'horreur, ou de la scélératesse de votre renégat, ou du ton dont vous en parlez.

LUI.—Et voilà ce que je vous disais. L'atrocité de l'action vous porte au-delà du mépris; et c'est la raison de ma sincérité. J'ai voulu que vous connussiez jusqu'où j'excellais dans mon art; vous arracher l'aveu que j'étais au moins original dans mon avilissement, me placer dans votre tête sur la ligne des grands vauriens, et m'écrier ensuite, «Vivat Mascarillus, fourbum imperator! Allons, gai, Monsieur le philosophe; chorus. Vivat Mascarillus, fourbum imperator!»

Et là-dessus, il se mit à faire un chant en fugue, tout à fait singulier. Tantôt la mélodie était grave et pleine de majesté; tantôt légère et folâtre; dans un instant il imitait la basse; dans un autre, une des parties du dessus; il m'indiquait de son bras et de son col allongés, les endroits des tenues; et s'exécutait, se composait à lui-même, un chant de triomphe, où l'on voyait qu'il s'entendait mieux en bonne musique qu'en bonnes moeurs.

Je ne savais, moi, si je devais rester ou fuir, rire ou m'indigner. Je restai, dans le dessein de tourner la conversation sur quelque sujet qui chassât de mon âme l'horreur dont elle était remplie. Je commençais à supporter avec peine la présence d'un homme qui discutait une action horrible, un exécrable forfait, comme un connaisseur en peinture ou en poésie, examine les beautés d'un ouvrage de goût; ou comme un moraliste ou un historien relève et fait éclater les circonstances d'une action héroïque. Je devins sombre, malgré moi. Il s'en aperçut et me dit:

LUI.—Qu'avez-vous? est-ce que vous vous trouvez mal?

MOI.—Un peu; mais cela passera.

LUI.—Vous avez l'air soucieux d'un homme tracassé de quelque idée fâcheuse.

MOI.—C'est cela.

Après un moment de silence de sa part et de la mienne, pendant lequel il se promenait en sifflant et en chantant; pour le ramener à son talent, je lui dis: Que faites-vous à présent?

LUI.—Rien.

MOI.—Cela est très fatigant.

LUI.—J'étais déjà suffisamment bête. J'ai été entendre cette musique de Duni et de nos autres jeunes faiseurs; qui m'a achevé.

MOI.—Vous approuvez donc ce genre.

LUI.—Sans doute.

MOI.—Et vous trouvez de la beauté dans ces nouveaux chants?

LUI.—Si j'y en trouve; pardieu, je vous en réponds. Comme cela est déclamé! quelle vérité! quelle expression.

MOI.—Tout art d'imitation a son modèle dans la nature. Quel est le modèle du musicien, quand il fait un chant?

LUI.—Pourquoi ne pas prendre la chose de plus haut? Qu'est-ce qu'un chant?

MOI.—Je vous avouerai que cette question est au-dessus de mes forces. Voilà comme nous sommes tous. Nous n'avons dans la mémoire que des mots que nous croyons entendre, par l'usage fréquent et l'application même juste que nous en faisons; dans l'esprit, que des notions vagues. Quand je prononce le mot chant, je n'ai pas des notions plus nettes que vous, et la plupart de vos semblables, quand ils disent, réputation, blâme, honneur, vice, vertu, pudeur, décence, honte, ridicule.

LUI—Le chant est une imitation, par les sons d'une échelle inventée par l'art ou inspirée par la nature, comme il vous plaira, ou par la voix ou par l'instrument, des bruits physiques ou des accents de la passion; et vous voyez qu'en changeant là-dedans, les choses à changer, la définition conviendrait exactement à la peinture, à l'éloquence, à la sculpture, et à la poésie. Maintenant, pour en venir à votre question. Quel est le modèle du musicien ou du chant? c'est la déclamation, si le modèle est vivant et pensant; c'est le bruit, si le modèle est inanimé. Il faut considérer la déclamation comme une ligne, et le chant comme une autre ligne qui serpenterait sur la première. Plus cette déclamation, type du chant, sera forte et vraie; plus le chant qui s'y conforme la coupera en un plus grand nombre de points; plus le chant sera vrai; et plus il sera beau. Et c'est ce qu'ont très bien senti nos jeunes musiciens. Quand on entend, Je suis un pauvre diable, on croit reconnaître la plainte d'un avare; s'il ne chantait pas, c'est sur les mêmes tons qu'il parlerait à la terre, quand il lui confie son or et qu'il lui dit, O terre, reçois mon trésor. Et cette petite fille qui sent palpiter son coeur, qui rougit, qui se trouble et qui supplie monseigneur de la laisser partir, s'exprimerait-elle autrement. Il y a dans ces ouvrages, toutes sortes de caractères; une variété infinie de déclamations. Cela est sublime; c'est moi qui vous le dis. Allez, allez entendre le morceau où le jeune homme qui se sent mourir, s'écrie: Mon coeur s'en va.—Écoutez le chant; écoutez la symphonie, et vous me direz après quelle différence il y a, entre les vraies voies d'un moribond et le tour de ce chant. Vous verrez si la ligne de la mélodie ne coïncide pas tout entière avec la ligne de la déclamation. Je ne vous parle pas de la mesure qui est encore une des conditions du chant; je m'en tiens à l'expression, et il n'y a rien de plus évident que le passage suivant que j'ai lu quelque part, musices seminarium accentus. L'accent est la pépinière de la mélodie. Jugez de là de quelle difficulté et de quelle importance il est de savoir bien faire le récitatif. Il n'y a point de bel air, dont on ne puisse faire un beau récitatif, et point de beau récitatif, dont un habile homme ne puisse tirer un bel air. Je ne voudrais pas assurer que celui qui récite bien, chantera bien, mais je serais surpris que celui qui chante bien, ne sût pas bien réciter. Et croyez tout ce que je vous dis là; car c'est le vrai.

MOI.—Je ne demanderais pas mieux que de vous en croire, si je n'étais arrêté par un petit inconvénient.

LUI.—Et cet inconvénient?

MOI.—C'est que, si cette musique est sublime, il faut que celle du divin Lulli, de Campra, de Destouches, de Mouret, et même soit dit entre nous, celle du cher oncle soit un peu plate.

LUI, s'approchant de mon oreille, me répondit:—Je ne voudrais pas être entendu; car il y a ici beaucoup de gens qui me connaissent; c'est qu'elle l'est aussi. Ce n'est pas que je me soucie du cher oncle, puisque cher il y a. C'est une pierre. Il me verrait tirer la langue d'un pied, qu'il ne me donnerait pas un verre d'eau; mais il a beau faire à l'octave, à la septième, hon, hon; hin, hin; tu, tu, tu; turelututu, avec un charivari du diable; ceux qui commencent à s'y connaître, et qui ne prennent plus du tintamarre pour de la musique, ne s'accommoderont jamais de cela. On devait défendre par une ordonnance de police, à quelque personne, de quelque qualité ou condition qu'elle fût, de faire chanter le Stabat du Pergolèse. Ce Stabat, il fallait le faire brûler par la main du bourreau. Ma foi, ces maudits bouffons, avec leur Servante Maîtresse, leur Tracollo, nous en ont donné rudement dans le cul. Autrefois, un Trancrède, un Issé, une Europe galante, les Indes, et Castor, les Talents lyriques, allaient à quatre, cinq, six mois. On ne voyait point la fin des représentations d'une Armide. A présent tout cela vous tombe les uns sur les autres, comme des capucins de cartes. Aussi Rebel et Francoeur jettent-ils feu et flamme. Ils disent que tout est perdu, qu'ils sont ruinés; et que si l'on tolère plus longtemps cette canaille chantante de la Foire, la musique nationale est au diable; et que l'Académie royale du cul-de-sac n'a qu'à fermer boutique. Il y a bien quelque chose de vrai, là-dedans. Les vieilles perruques qui viennent là depuis trente à quarante ans tous les vendredis, au lieu de s'amuser comme ils ont fait par le passé, s'ennuient et bâillent, sans trop savoir pourquoi. Ils se le demandent et ne sauraient se répondre. Que ne s'adressent-ils à moi? La prédiction de Duni s'accomplira; et du train que cela prend, je veux mourir si, dans quatre à cinq ans à dater du peintre amoureux de son modèle, il y a un chat à fesser dans la célèbre Impasse. Les bonnes gens, ils ont renoncé à leurs symphonies, pour jouer des symphonies italiennes. Ils ont cru qu'ils feraient leurs oreilles à celles-ci, sans conséquence pour leur musique vocale, comme si la symphonie n'était pas au chant, à un peu de libertinage près inspiré par l'étendue de l'instrument et la mobilité des doigts? ce que le chant est à la déclamation réelle. Comme si le violon n'était pas le singe du chanteur, qui deviendra un jour, lorsque le difficile prendra la place du beau, le singe du violon. Le premier qui joua Locatelli, fut l'apôtre de la nouvelle musique. A d'autres, à d'autres. On nous accoutumera à l'imitation des accents de la passion ou des phénomènes de la nature, par le chant et la voix, par l'instrument, car voilà toute l'étendue de l'objet de la musique, et nous conserverons notre goût pour les vols, les lances, les gloires, les triomphes, les victoires? Va-t'en voir s'ils viennent, Jean. Ils ont imaginé qu'ils pleureraient ou riraient à des scènes de tragédie ou de comédie, musiquées; qu'on porterait à leurs oreilles, les accents de la fureur, de la haine, de la jalousie, les vraies plaintes de l'amour, les ironies, les plaisanteries du théâtre italien ou français; et qu'ils resteraient admirateurs de Ragonde et de Platée. Je t'en réponds: tarare, pon pon; qu'ils éprouveraient sans cesse, avec quelle facilité, quelle flexibilité, quelle mollesse, l'harmonie, la prosodie, les ellipses, les inversions de la langue italienne se prêtaient à l'art, au mouvement, à l'expression, aux tours du chant, et à la valeur mesurée des sons, et qu'ils continueraient d'ignorer combien la leur est raide, sourde, lourde, pesante, pédantesque et monotone. Eh oui, oui. Ils se sont persuadé qu'après avoir mêlé leurs larmes aux pleurs d'une mère qui se désole sur la mort de son fils; après avoir frémi de l'ordre d'un tyran qui ordonne un meurtre; ils ne s'ennuieraient pas de leur féerie, de leur insipide mythologie, de leurs petits madrigaux doucereux qui ne marquent pas moins le mauvais goût du poète, que la misère de l'art qui s'en accommode. Les bonnes gens! cela n'est pas et ne peut être. Le vrai, le bon, le beau ont leurs droits. On les conteste, mais on finit par admirer. Ce qui n'est pas marqué à ce coin, on l'admire un temps; mais on finit par bâiller. Bâillez donc, messieurs; bâillez à votre aise. Ne vous gênez pas. L'empire de la nature et de ma trinité, contre laquelle les portes de l'enfer ne prévaudront jamais; le vrai qui est le père, et qui engendre le bon qui est le fils; d'où procède le beau qui est le Saint-Esprit, s'établit tout doucement. Le dieu étranger se place humblement sur l'autel à côté de l'idole du pays; peu à peu, il s'y affermit; un beau jour, il pousse du coude son camarade; et patatras, voilà l'idole en bas. C'est comme cela qu'on dit que les Jésuites ont planté le christianisme à la Chine et aux Indes. Et ces Jansénistes ont beau dire, cette méthode politique qui marche à son but, sans bruit, sans effusion de sang, sans martyr, sans un toupet de cheveux arraché, me semble la meilleure.

MOI.—Il y a de la raison, à peu près, dans tout ce que vous venez de dire.

LUI.—De la raison! tant mieux. Ie veux que le diable m'emporte, si j'y tâche. Cela va, comme je te pousse. Ie suis comme les musiciens de l'Impasse, quand mon oncle parut; si j'adresse à la bonne heure, c'est qu'un garçon charbonnier parlera toujours mieux de son métier que toute une académie, et que tous les Duhamel du monde.

Et puis le voilà qui se met à se promener, en murmurant dans son gosier, quelques-uns des airs de l'Île des Fous, du Peintre amoureux de son Modèle, du Maréchal-ferrant, de la Plaideuse, et de temps en temps, il s'écriait, en levant les mains et les yeux au ciel: Si cela est beau, mordieu! Si cela est beau! Comment peut-on porter à sa tête une paire d'oreilles et faire une pareille question. Il commençait à entrer en passion, et à chanter tout bas. Il élevait le ton, à mesure qu'il se passionnait davantage; vinrent ensuite, les gestes, les grimaces du visage et les contorsions du corps; et je dis, bon; voilà la tête qui se perd, et quelque scène nouvelle qui se prépare; en effet, il part d'un éclat de voix, «Je suis un pauvre misérable . . . Monseigneur, Monseigneur, laissez-moi partir . . . O terre, reçois mon or; conserve bien mon trésor . . . Mon âme, mon âme, ma vie, O terre! . . . Le voilà le petit ami, le voilà le petit ami! Aspettare e non venire . . . A Zerbina penserete . . . Sempre in contrasti con te si sta . . . » Il entassait et brouillait ensemble trente airs italiens, français, tragiques, comiques, de toutes sortes de caractères. Tantôt avec une voix de basse-taille, il descendait jusqu'aux enfers; tantôt s'égosillant et contrefaisant le fausset, il déchirait le haut des airs, imitant de la démarche, du maintien, du geste, les différents personnages chantants; successivement furieux, radouci, impérieux, ricaneur. Ici, c'est une jeune fille qui pleure, et il en rend toute la minauderie; là il est prêtre, il est roi, il est tyran, il menace, il commande, il s'emporte, il est esclave, il obéit. Il s'apaise, il se désole, il se plaint, il rit jamais hors de ton, de mesure, du sens des paroles et du caractère de l'air. Tous les pousse-bois avaient quitté leurs échiquiers et s'étaient rassemblés autour de lui. Les fenêtres du café étaient occupées, en dehors, par les passants qui s'étaient arrêtés au bruit. On faisait des éclats de rire à entrouvrir le plafond. Lui n'apercevait rien; il continuait, saisi d'une aliénation d'esprit, d'un enthousiasme si voisin de la folie qu'il est incertain qu'il en revienne; s'il ne faudra pas le jeter dans un fiacre et le mener droit aux Petites-Maisons. En chantant un lambeau des Lamentations de Jomelli, il répétait avec une précision, une vérité et une chaleur incroyable les plus beaux endroits de chaque morceau; ce beau récitatif obligé où le prophète peint la désolation de Jérusalem, il l'arrosa d'un torrent de larmes qui en arrachèrent de tous les yeux. Tout y était, et la délicatesse du chant, et la force de l'expression, et la douleur. Il insistait sur les endroits où le musicien s'était particulièrement montré un grand maître. S'il quittait la partie du chant, c'était pour prendre celle des instruments qu'il laissait subitement pour revenir à la voix, entrelaçant l'une à l'autre de manière à conserver les liaisons et l'unité du tout; s'emparant de nos âmes et les tenant suspendues dans la situation la plus singulière que j'aie jamais éprouvée . . . Admirais-je? Oui, j'admirais! Étais-je touché de pitié? J'étais touché de pitié; mais une teinte de ridicule était fondue dans ces sentiments et les dénaturait.

Mais vous vous seriez échappé en éclats de rire à la manière dont il contrefaisait les différents instruments. Avec des joues renflées et bouffies, et un son rauque et sombre, il rendait les cors et les bassons; il prenait un son éclatant et nasillard pour les hautbois; précipitant sa voix avec une rapidité incroyable pour les instruments à corde dont il cherchait les sons les plus approchés; il sifflait les petites flûtes, il recoulait les traversières, criant, chantant, se démenant comme un forcené; faisant lui seul, les danseurs, les danseuses, les chanteurs, les chanteuses, tout un orchestre, tout un théâtre lyrique, et se divisant en vingt rôles divers, courant, s'arrêtant, avec l'air d'un énergumène, étincelant des yeux, écumant de la bouche. Il faisait une chaleur à périr; et la sueur qui suivait les plis de son front et la longueur de ses joues, se mêlait à la poudre de ses cheveux, ruisselait, et sillonnait le haut de son habit. Que ne lui vis-je pas faire? Il pleurait, il riait, il soupirait il regardait, ou attendri, ou tranquille, ou furieux; c'était une femme qui se pâme de douleur; c'était un malheureux livré à tout son désespoir; un temple qui s'élève; des oiseaux qui se taisent au soleil couchant; des eaux ou qui murmurent dans un lieu solitaire et frais, ou qui descendent en torrent du haut des montagnes; un orage; une tempête, la plainte de ceux qui vont périr, mêlée au sifflement des vents, au fracas du tonnerre; c'était la nuit, avec ses ténèbres; c'était l'ombre et le silence, car le silence même se peint par des sons. Sa tête était tout à fait perdue. Épuisée de fatigue, tel qu'un homme qui sort d'un profond sommeil ou d'une longue distraction; il resta immobile, stupide, étonné. Il tournait ses regards autour de lui, comme un homme égaré qui cherche à reconnaître le lieu où il se trouve. Il attendait le retour de ses forces et de ses esprits; il essuyait machinalement son visage. Semblable à celui qui verrait à son réveil, son lit environné d'un grand nombre de personnes; dans un entier oubli ou dans une profonde ignorance de ce qu'il a fait, il s'écria dans le premier moment: Eh bien, Messieurs, qu'est-ce qu'il y a? D'où viennent vos ris et votre surprise? Qu'est-ce qu'il y a? Ensuite il ajouta, voilà ce qu'on doit appeler de la musique et un musicien. Cependant, Messieurs, il ne faut pas mépriser certains morceaux de Lulli. Qu'on fasse mieux la scène «Ah! j'attendrai» sans changer les paroles; j'en défie. Il ne faut pas mépriser quelques endroits de Campra les airs de violon de mon oncle, ses gavottes; ses entrées de soldats, de prêtres, de sacrificateurs ... » Pâles flambeaux, nuit plus affreuse que les ténèbres ... Dieux du Tartare, Dieu de l'oubli.» Là, il enflait sa voix; il soutenait ses sons; les voisins se mettaient aux fenêtres, nous mettions nos doigts dans nos oreilles. Il ajoutait, c'est ici qu'il faut des poumons; un grand organe; un volume d'air. Mais avant peu, serviteur à l'Assomption; le Carême et les Rois sont passés. Ils ne savent pas encore ce qu'il faut mettre en musique, ni par conséquent ce qui convient au musicien. La poésie lyrique est encore à naître. Mais ils y viendront; à force d'entendre le Pergolèse, le Saxon, Terradoglias, Traetta, et les autres, à force de lire le Métastase, il faudra bien qu'ils y viennent.

MOI.—Quoi donc, est-ce que Quinault, La Motte, Fontenelle n'y ont rien entendu.

LUI.—Non pour le nouveau style. Il n'y a pas six vers de suite dans tous leurs charmants poèmes qu'on puisse musiquer. Ce sont des sentences ingénieuses; des madrigaux légers, tendres et délicats; mais pour savoir combien cela est vide de ressource pour notre art, le plus violent de tous, sans en excepter celui de Démosthène faites-vous réciter ces morceaux, combien ils vous paraîtront, froids, languissants, monotones. C'est qu'il n'y a rien là qui puisse servir de modèle au chant. J'aimerais autant avoir à musiquer les Maximes de La Rochefoucauld, ou les Pensées de Pascal. C'est au cri animal de la passion, à dicter la ligne qui nous convient. Il faut que ces expressions soient pressées les unes sur les autres; il faut que la phrase soit courte; que le sens en soit coupé, suspendu; que le musicien puisse disposer du tout et de chacune de ses parties; en omettre un mot, ou le répéter; y en ajouter un qui lui manque; la tourner et retourner, comme un polype, sans la détruire; ce qui rend la poésie lyrique française beaucoup plus difficile que dans les langues à inversions qui présentent d'elles-mêmes tous ces avantages . . .

«Barbare cruel, plonge ton poignard dans mon sein. Me voilà prête à recevoir le coup fatal. Frappe. Ose . . . Ah; je languis, je meurs . . . Un feu secret s'allume dans mes sens . . . Cruel amour, que veux-tu de moi . . . Laisse-moi la douce paix dont j'ai joui . . . Rends-moi la raison . . . » Il faut que les passions soient fortes; la tendresse du musicien et du poète lyrique doit être extrême. L'air est presque toujours la péroraison de la scène. Il nous faut des exclamations, des interjections, des suspensions, des interruptions, des affirmations, des négations; nous appelons, nous invoquons, nous crions, nous gémissons, nous pleurons, nous rions franchement. Point d'esprit, point d'épigrammes; point de ces jolies pensées. Cela est trop loin de la simple nature. Or n'allez pas croire que le jeu des acteurs de théâtre et leur déclamation puissent nous servir de modèles. Fi donc. Il nous le faut plus énergique, moins maniéré, plus vrai. Les discours simples, les voix communes de la passion, nous sont d'autant plus nécessaires que la langue sera plus monotone, aura moins d'accent. Le cri animal ou de l'homme passionné leur en donne.

Tandis qu'il me parlait ainsi, la foule qui nous environnait, ou n'entendait rien ou prenant peu d'intérêt à ce qu'il disait, parce qu'en général l'enfant comme l'homme, et l'homme comme l'enfant, aime mieux s'amuser que s'instruire, s'était retirée; chacun était à son jeu; et nous étions restés seuls dans notre coin. Assis sur une banquette, la tête appuyée contre le mur, les bras pendants, les yeux à demi-fermés, il me dit: Je ne sais ce que j'ai, quand je suis venu ici, j'étais frais et dispos; et me voilà roué, brisé, comme si j'avais fait dix lieues. Cela m'a pris subitement.

MOI.—Voulez-vous vous rafraîchir?

LUI.—Volontiers. Je me sens enroué. Les forces me manquent; et Je souffre un peu de la poitrine. Cela m'arrive presque tous les jours, comme cela; sans que je sache pourquoi.

MOI.—Que voulez-vous?

LUI.—Ce qui vous plaira. Je ne suis pas difficile. L'indigence m'a appris à m'accommoder de tout.

On nous sert de la bière, de la limonade. Il en remplit un grand verre qu'il vide deux ou trois fois de suite. Puis comme un homme ranimé; il tousse fortement, il se démène, il reprend:

Mais à votre avis, Seigneur philosophe, n'est-ce pas une bizarrerie bien étrange, qu'un étranger, un Italien, un Duni vienne nous apprendre à donner de l'accent à notre musique, à assujettir notre chant à tous les mouvements à toutes les mesures, à tous les intervalles, à toutes les déclamations, sans blesser la prosodie. Ce n'était pourtant pas la mer à boire. Quiconque avait écouté un gueux lui demander l'aumône dans la rue, un homme dans le transport de la colère, une femme jalouse et furieuse, un amant désespéré, un flatteur, oui un flatteur radoucissant son ton, traînant ses syllabes, d'une voix mielleuse, en un mot une passion, n'importe laquelle, pourvu que par son énergie, elle méritât de servir de modèle au musicien, aurait dû s'apercevoir de deux choses: l'une que les syllabes, longues ou brèves, n'ont aucune durée fixe, pas même de rapport déterminé entre leurs durées; que la passion dispose de la prosodie, presque comme il lui plaît; qu'elle exécute les plus grands intervalles, et que celui qui s'écrie dans le fort de sa douleur: «Ah, malheureux que Je suis», monte la syllabe d'exclamation au ton le plus élevé et le plus aigu, et descend les autres aux tons les plus graves et les plus bas, faisant l'octave ou même un plus grand intervalle, et donnant à chaque son la quantité qui convient au tour de la mélodie, sans que l'oreille soit offensée, sans que ni la syllabe longue, ni la syllabe brève aient conservé la longueur ou la brièveté du discours tranquille. Quel chemin nous avons fait depuis le temps où nous citions la parenthèse d'Armide, Le vainqueur de Renaud, si quelqu'un le peut être, l'Obéissons sans balancer, des Indes galantes, comme des prodiges de déclamation musicale! A présent, ces prodiges-là me font hausser les épaules de pitié. Du train dont l'art s'avance, je ne sais où il aboutira. En attendant, buvons un coup.

Il en boit deux, trois, sans savoir ce qu'il faisait. Il allait se noyer, comme s'il s'était épuisé, sans s'en apercevoir, si je n'avais déplacé la bouteille qu'il cherchait de distraction. Alors je lui dis:

MOI.—Comment se fait-il qu'avec un tact aussi fin, une si grande sensibilité pour les beautés de l'art musical; vous soyez aussi aveugle sur les belles choses en morale, aussi insensible aux charmes de la vertu?

LUI.—C'est apparemment qu'il y a pour les unes un sens que je n'ai pas; une fibre qui ne m'a point été donnée, une fibre lâche qu'on a beau pincer et qui ne vibre pas; ou peut-être c'est que j'ai toujours vécu avec de bons musiciens et de méchantes gens; d'où il est arrivé que mon oreille est devenue très fine, et que mon coeur est devenu sourd. Et puis c'est qu'il y avait quelque chose de race. Le sang de mon père et le sang de mon oncle est le même sang. Mon sang est le même que celui de mon père. La molécule paternelle était dure et obtuse; et cette maudite molécule première s'est assimilé tout le reste.

MOI.—Aimez-vous votre enfant?

LUI.—Si je l'aime, le petit sauvage. J'en suis fou.

MOI.—Est-ce que vous ne vous occuperez pas sérieusement d'arrêter en lui l'effet de la maudite molécule paternelle.

LUI.—J'y travaillerais, je crois, bien inutilement. S'il est destiné à devenir un homme de bien, je n'y nuirai pas. Mais si la molécule voulait qu'il fût un vaurien comme son père, les peines que j'aurais prises pour en faire un homme honnête lui seraient très nuisibles; l'éducation croisant sans cesse la pente de la molécule, il serait tiré comme par deux forces contraires, et marcherait tout de guingois, dans le chemin de la vie, comme j'en vois une infinité, également gauches dans le bien et dans le mal; c'est ce que nous appelons des espèces, de toutes les épithètes la plus redoutable, parce qu'elle marque la médiocrité, et le dernier degré du mépris. Un grand vaurien est un grand vaurien, mais n'est point une espèce. Avant que la molécule paternelle n'eût repris le dessus et ne l'eût amené à la parfaite abjection où j'en suis, il lui faudrait un temps infini: il perdrait ses plus belles années. Je n'y fais rien à présent. Je le laisse venir. Je l'examine. Il est déjà gourmand, patelin, filou, paresseux, menteur. Je crains bien qu'il ne chasse de race.

MOI.—Et vous en ferez un musicien, afin qu'il ne manque rien à la ressemblance?

LUI.—Un musicien! un musicien! quelquefois je le regarde, en grinçant les dents; et je dis, si tu devais jamais savoir une note, je crois que je te tordrais le col.

MOI.—Et pourquoi cela, s'il vous plaît?

LUI.—Cela ne mène à rien.

MOI.—Cela mène à tout.

LUI.—Oui, quand on excelle; mais qui est-ce qui peut se promettre de son enfant qu'il excellera? Il y a dix mille à parier contre un qu'il ne serait qu'un misérable racleur de cordes, comme moi. Savez-vous qu'il serait peut-être plus aisé de trouver un enfant propre à gouverner un royaume, à faire un grand roi qu'un grand violon.

MOI.—Il me semble que les talents agréables, même médiocres, chez un peuple sans moeurs, perdu de débauche et de luxe, avancent rapidement un homme dans le chemin de la fortune. Moi qui vous parle, j'ai entendu la conversation qui suit, entre une espèce de protecteur et une espèce de protégé. Celui-ci avait été adressé au premier, comme à un homme obligeant qui pourrait le servir.—Monsieur, que savez-vous?—Je sais passablement les mathématiques.—Hé bien, montrez les mathématiques; après vous être crotté dix à douze ans sur le pavé de Paris, vous aurez droit à quatre cents livres de rente.—J'ai étudié les lois, et je suis versé dans le droit.—Si Puffendorf et Grotius revenaient au monde, ils mourraient de faim, contre une borne.—Je sais très bien l'histoire et la géographie.—S'il y avait des parents qui eussent à coeur la bonne éducation de leurs enfants, votre fortune serait faite; mais il n'y en a point.—Je suis assez bon musicien.—Et que ne disiez-vous cela d'abord! Et pour vous faire voir le parti qu'on peut tirer de ce dernier talent, j'ai une fille. Venez tous les jours depuis sept heures et demie du soir, jusqu'à neuf; vous lui donnerez leçon, et je vous donnerai vingt-cinq louis par an. Vous déjeunerez, dînerez, goûterez, souperez avec nous. Le reste de votre journée vous appartiendra. Vous en disposerez à votre profit.

LUI.—Et cet homme qu'est-il devenu.

MOI.—S'il eût été sage, il eût fait fortune, la seule chose qu'il paraît que vous ayez en vue.

LUI.—Sans doute. De l'or, de l'or. L'or est tout; et le reste, sans or, n'est rien. Aussi au lieu de lui farcir la tête de belles maximes qu'il faudrait qu'il oubliât, sous peine de n'être qu'un gueux; lorsque je possède un louis, ce qui ne m'arrive pas souvent, je me plante devant lui. Je tire le louis de ma poche. Je le lui montre avec admiration. J'élève les yeux au ciel. Je baise le louis devant lui. Et pour lui faire entendre mieux encore l'importance de la pièce sacrée, je lui bégaye de la voix; je lui désigne du doigt tout ce qu'on en peut acquérir, un beau fourreau, un beau toquet, un bon biscuit. Ensuite je mets le louis dans ma poche. Je me promène avec fierté; je relève la basque de ma veste; je frappe de la main sur mon gousset; et c'est ainsi que je lui fais concevoir que c'est du louis qui est là, que naît l'assurance qu'il me voit.

MOI.—On ne peut rien de mieux. Mais s'il arrivait que, profondément pénétré de la valeur du louis, un jour . . .

LUI.—Je vous entends. Il faut fermer les yeux là-dessus. Il n'y a point de principe de morale qui n'ait son inconvénient. Au pis aller, c'est un mauvais quart d'heure, et tout est fini.

MOI.—Même d'après des vues si courageuses et si sages, je persiste à croire qu'il serait bon d'en faire un musicien. Je ne connais pas de moyen d'approcher plus rapidement des grands, de servir leurs vices, et de mettre à profit les siens.

LUI.—Il est vrai; mais j'ai des projets d'un succès plus prompt et plus sûr. Ah! si c'était aussi bien une fille!

Mais comme on ne fait pas ce qu'on veut, il faut prendre ce qui vient; en tirer le meilleur parti; et pour cela, ne pas donner bêtement, comme la plupart des pères qui ne feraient rien de pis, quand ils auraient médité le malheur de leurs enfants, l'éducation de Lacédémone, à un enfant destiné à vivre à Paris. Si elle est mauvaise, c'est la faute des moeurs de ma nation, et non la mienne. En répondra qui pourra. Je veux que mon fils soit heureux; ou ce qui revient au même honoré, riche et puissant. Je connais un peu les voies les plus faciles d'arriver à ce but; et je les lui enseignerai de bonne heure. Si vous me blâmez, vous autres sages, la multitude et le succès m'absoudront. Il aura de l'or; c'est moi qui vous le dis. S'il en a beaucoup, rien ne lui manquera, pas même votre estime et votre respect.

MOI.—Vous pourriez vous tromper.

LUI.—Ou il s'en passera, comme bien d'autres.

Il y avait dans tout cela beaucoup de ces choses qu'on pense, d'après lesquelles on se conduit; mais qu'on ne dit pas. Voilà, en vérité, la différence la plus marquée entre mon homme et la plupart de nos entours. Il avouait les vices qu'il avait, que les autres ont; mais il n'était pas hypocrite. Il n'était ni plus ni moins abominable qu'eux; il était seulement plus franc, et plus conséquent; et quelquefois profond dans sa dépravation. Je tremblais de ce que son enfant deviendrait sous un pareil maître. Il est certain que d'après des idées d'institution aussi strictement calquées sur nos moeurs, il devait aller loin, à moins qu'il ne fût prématurément arrêté en chemin.

LUI.—Ho ne craignez rien, me dit-il. Le point important; le point difficile auquel un bon père doit surtout s'attacher; ce n'est pas de donner à son enfant des vices qui l'enrichissent, des ridicules qui le rendent précieux aux grands; tout le monde le fait, sinon de système comme moi, mais au moins d'exemple et de leçon, mais de lui marquer la juste mesure, l'art d'esquiver à la honte, au déshonneur et aux lois; ce sont des dissonances dans l'harmonie sociale qu'il faut savoir placer, préparer et sauver. Rien de si plat qu'une suite d'accords parfaits. Il faut quelque chose qui pique, qui sépare le faisceau, et qui en éparpille les rayons.

MOI.—Fort bien. Par cette comparaison, vous me ramenez des moeurs, à la musique dont je m'étais écarté malgré moi; et je vous en remercie; car, à ne vous rien celer, je vous aime mieux musicien que moraliste.

LUI.—Je suis pourtant bien subalterne en musique, et bien supérieur en morale.

MOI.—J'en doute; mais quand cela serait, je suis un bon homme, et vos principes ne sont pas les miens.

LUI.—Tant pis pour vous. Ah si j'avais vos talents.

MOI.—Laissons mes talents; et revenons aux vôtres.

LUI.—Si je savais m'énoncer comme vous. Mais j'ai un diable de ramage saugrenu, moitié des gens du monde et des lettres, moitié de la Halle.

MOI.—Je parle mal. Je ne sais que dire la vérité; et cela ne prend pas toujours, comme vous savez.

LUI.—Mais ce n'est pas pour dire la vérité; au contraire, c'est pour bien dire le mensonge que j'ambitionne votre talent. Si je savais écrire; fagoter un livre, tourner une épître dédicatoire, bien enivrer un sot de son mérite; m'insinuer auprès des femmes.

MOI.—Et tout cela, vous le savez mille fois mieux que moi. Je ne serais pas même digne d'être votre écolier.

LUI.—Combien de grandes qualités perdues, et dont vous ignorez le prix!

MOI.—Je recueille tout celui que j'y mets.

LUI.—Si cela était, vous n'auriez pas cet habit grossier, cette veste d'étamine, ces bas de laine, ces souliers épais, et cette antique perruque.

MOI.—D'accord. Il faut être bien maladroit, quand on n'est pas riche, et que l'on se permet tout pour le devenir. Mais c'est qu'il y a des gens comme moi qui ne regardent pas la richesse, comme la chose du monde la plus précieuse; gens bizarres.

LUI.—Très bizarres. On ne naît pas avec cette tournure-là. On se la donne; car elle n'est pas dans la nature.

MOI.—De l'homme?

LUI.—De l'homme. Tout ce qui vit, sans l'en excepter, cherche son bien-être aux dépens de qui il appartiendra; et je suis sûr que, si je laissais venir le petit sauvage, sans lui parler de rien: il voudrait être richement vêtu, splendidement nourri, chéri des hommes, aimé des femmes, et rassembler sur lui tous les bonheurs de la vie.

MOI.—Si le petit sauvage était abandonné à lui-même; qu'il conservât toute son imbécillité et qu'il réunit au peu de raison de l'enfant au berceau, la violence des passions de l'homme de trente ans, il tordrait le col à son père, et coucherait avec sa mère.

LUI.—Cela prouve la nécessité d'une bonne éducation; et qui est-ce qui la conteste? et qu'est-ce qu'une bonne éducation, sinon celle qui conduit à toutes sortes de jouissances, sans péril, et sans inconvénient.

MOI.—Peu s'en faut que je ne sois de votre avis; mais gardons-nous de nous expliquer.

LUI.—Pourquoi?

MOI.—C'est que je crains que nous ne soyons d'accord qu'en apparence; et que, si nous entrons une fois, dans la discussion des périls et des inconvénients à éviter, nous ne nous entendions plus.

LUI.—Et qu'est-ce que cela fait?

MOI.—Laissons cela, vous dis-je. Ce que je sais là-dessus, je ne vous l'apprendrais pas; et vous m'instruirez plus aisément de ce que j'ignore et que vous savez en musique. Cher Rameau, parlons musique, et dites-moi comment il est arrivé qu'avec la facilité de sentir, de retenir et de rendre les plus beaux endroits des grands maîtres; avec l'enthousiasme qu'ils vous inspirent et que vous transmettez aux autres, vous n'avez rien fait qui vaille.

Au lieu de me répondre, il se mit à hocher de la tête, et levant le doigt au ciel, il ajouta, et l'astre! l'astre! Quand la nature fit Leo, Vinci, Pergolèse, Duni, elle sourit. Elle prit un air imposant et grave, en formant le cher oncle Rameau qu'on aura appelé pendant une dizaine d'années le grand Rameau et dont bientôt on ne parlera plus. Quand elle fagota son neveu, elle fit la grimace et puis la grimace, et puis la grimace encore; et en disant ces mots, il faisait toutes sortes de grimaces du visage; c'était le mépris, le dédain, l'ironie; et il semblait pétrir entre ses doigts un morceau de pâte, et sourire aux formes ridicules qu'il lui donnait. Cela fait, il jeta la pagode hétéroclite loin de lui, et il dit: C'est ainsi qu'elle me fit et qu'elle me jeta, à côté d'autres pagodes, les unes à gros ventres ratatinés, à cols courts, à gros yeux hors de la tête, apoplectiques; d'autres à cols obliques; il y en avait de sèches, à l'oeil vif, au nez crochu: toutes se mirent à crever de rire, en me voyant; et moi, de mettre mes deux poings sur mes côtes et à crever de rire, en les voyant; car les sots et les fous s'amusent les uns des autres; ils se cherchent, ils s'attirent. Si, en arrivant là, je n'avais pas trouvé tout fait le proverbe qui dit que l'argent des sots est le patrimoine des gens d'esprit, on me le devrait. Je sentis que nature avait mis ma légitime dans la bourse des pagodes: et j'inventai mille moyens de m'en ressaisir.

MOI.—Je sais ces moyens; vous m'en avez parlé, et je les ai fort admirés. Mais entre tant de ressource, pourquoi n'avoir pas tenté celle d'un bel ouvrage?

LUI.—Ce propos est celui d'un homme du monde à l'abbé Le Blanc . . . L'abbé disait: «La marquise de Pompadour me prend sur la main; me porte jusque sur le seuil de l'Académie; là elle retire sa main. le tombe, et je me casse les deux jambes.» L'homme du monde lui répondait: «Eh bien, l'abbé, il faut se relever, et enfoncer la porte d'un coup de tête.» L'abbé lui répliquait: «C'est ce que j'ai tenté; et savez-vous ce qui m'en est revenu, une bosse au front.»

Après cette historiette, mon homme se mit à marcher la tête baissée, l'air pensif et abattu; il soupirait, pleurait, se désolait, levait les mains et les yeux, se frappait la tête du poing, à se briser le front ou les doigts, et il ajoutait: Il me semble qu'il y a pourtant là quelque chose; mais j'ai beau frapper, secouer, il ne sort rien. Puis il recommençait à secouer sa tête et à se frapper le front de plus belle, et il disait, ou il n'y a personne, ou l'on ne veut pas répondre.

Un instant après, il prenait un air fier, il relevait sa tête, il s'appliquait la main droite sur le coeur; il marchait et disait: le sens, oui, je sens. Il contrefaisait l'homme qui s'irrite, qui s'indigne, qui s'attendrit, qui commande, qui supplie, et prononçait, sans préparation des discours de colère, de commisération, de haine, d'amour; il esquissait les caractères des passions avec une finesse et une vérité surprenantes. Puis il ajoutait: C'est cela, je crois. Voilà que cela vient; voilà ce que c'est que de trouver un accoucheur qui sait irriter, précipiter les douleurs et faire sortir l'enfant; seul, je prends la plume; je veux écrire. le me ronge les ongles; je m'use le front. Serviteur. Bonsoir. Le dieu est absent; je m'étais persuadé que j'avais du génie; au bout de ma ligne, je lis que je suis un sot, un sot, un sot. Mais le moyen de sentir, de s'élever, de penser, de peindre fortement, en fréquentant avec des gens, tels que ceux qu'il faut voir pour vivre; au milieu des propos qu'on tient, et de ceux qu'on entend; et de ce commérage: «Aujourd'hui, le boulevard était charmant. Avez-vous entendu la petite Marmotte? Elle joue à ravir. Monsieur un tel avait le plus bel attelage gris pommelé qu'il soit possible d'imaginer. La belle madame celle-ci commence à passer. Est-ce qu'à l'âge de quarante-cinq ans, on porte une coiffure comme celle-là. La jeune une telle est couverte de diamants qui ne lui coûtent guère.—Vous voulez dire qui lui coûtent cher?—Mais non.—Où l'avez-vous vue?—A L'Enfant d'Arlequin perdu et retrouvé. La scène du désespoir a été jouée comme elle ne l'avait pas encore été. Le Polichinelle de la Foire a du gosier, mais point de finesse, point d'âme. Madame une telle est accouchée de deux enfants à la fois. Chaque père aura le sien.» Et vous croyez que cela dit, redit et entendu tous les jours, échauffe et conduit aux grandes choses?

MOI.—Non. Il vaudrait mieux se renfermer dans son grenier, boire de l'eau, manger du pain sec, et se chercher soi-même.

LUI.—Peut-être; mais je n'en ai pas le courage; et puis sacrifier son bonheur à un succès incertain. Et le nom que je porte donc? Rameau! s'appeler Rameau, cela est gênant. Il n'en est pas des talents comme de la noblesse qui se transmet et dont l'illustration s'accroît en passant du grand-père au père, du père au fils, du fils à son petit-fils, sans que l'aïeul impose quelque mérite à son descendant. La vieille souche se ramifie en une énorme tige de sots; mais qu'importe? Il n'en est pas ainsi du talent. Pour n'obtenir que la renommée de son père, il faut être plus habile que lui. Il faut avoir hérité de sa fibre. La fibre m'a manqué; mais le poignet s'est dégourdi; l'archet marche, et le pot bout. Si ce n'est pas de la gloire; c'est du bouillon.

MOI.—A votre place, je ne me le tiendrais pas pour dit; j'essaierais.

LUI.—Et vous croyez que je n'ai pas essayé. Je n'avais pas quinze ans, lorsque je me dis, pour la première fois: Qu'as-tu Rameau? tu rêves. Et à quoi rêves-tu? que tu voudrais bien avoir fait ou faire quelque chose qui excitât l'admiration de l'univers. Hé, oui; il n'y a qu'à souffler et remuer les doigts. Il n'y a qu'à ourler le bec, et ce sera une cane. Dans un âge plus avancé, j'ai répété le propos de mon enfance. Aujourd'hui je le répète encore, et je reste autour de la statue de Memnon.

MOI.—Que voulez-vous dire avec votre statue de Memnon?

LUI.—Cela s'entend, ce me semble. Autour de la statue de Memnon, il y en avait une infinité d'autres également frappées des rayons du soleil; mais la sienne était la seule qui résonnât. Un poète, c'est de Voltaire; et puis qui encore? de Voltaire; et le troisième, de Voltaire; et le quatrième, de Voltaire. Un musicien, c'est Rinaldo da Capoua, c'est Hasse; c'est Pergolèse; c'est Alberti; c'est Tartini; c'est Locatelli; c'est Terradoglias; c'est mon oncle; c'est ce petit Duni qui n'a ni mine, ni figure; mais qui sent, mordieu, qui a du chant et de l'expression. Le reste, autour de ce petit nombre de Memnon, autant de paires d'oreilles fichées au bout d'un bâton. Aussi sommes-nous gueux, si gueux que c'est une bénédiction. Ah, Monsieur le philosophe, la misère est une terrible chose. Je la vois accroupie, la bouche béante, pour recevoir quelques gouttes de l'eau glacée qui s'échappe du tonneau des Danaïdes. Je ne sais si elle aiguise l'esprit du philosophe; mais elle refroidit diablement la tête du poète. On ne chante pas bien sous ce tonneau. Trop heureux encore, celui qui peut s'y placer.

J'y étais; et je n'ai pas su m'y tenir. J'avais déjà fait cette sottise une fois. J'ai voyagé en Bohème, en Allemagne, en Suisse, en Hollande, en Flandre; au diable, au vert.

MOI.—Sous le tonneau percé.'

LUI.—Sous le tonneau percé; c'était un Juif opulent et dissipateur qui aimait la musique et mes folies. Je musiquais, comme il plaît à Dieu; je faisais le fou; je ne manquais de rien. Mon Juif était un homme qui savait sa loi et qui l'observait raide comme une barre, quelquefois avec l'ami, toujours avec l'étranger. Il se fit une mauvaise affaire qu'il faut que je vous raconte, car elle est plaisante. Il y avait à Utrecht une courtisane charmante. Il fut tenté de la chrétienne; il lui dépêcha un grison avec une lettre de change assez forte. La bizarre créature rejeta son offre. Le

Juif en fut désespéré. Le grison lui dit: «Pourquoi vous affliger ainsi? vous voulez coucher avec une jolie femme; rien n'est plus aisé, et même de coucher avec une plus jolie que celle que vous poursuivez. C'est la mienne, que je vous céderai au même prix.» Fait et dit. Le grison garde la lettre de change, et mon Juif couche avec la femme du grison. L'échéance de la lettre de change arrive. Le Juif la laisse protester et s'inscrit en faux. Procès. Le Juif disait: jamais cet homme n'osera dire à quel titre il possède ma lettre, et je ne la paierai pas. A l'audience, il interpelle le grison: «Cette lettre de change, de qui la tenez-vous?—De vous.—Est-ce pour de l'argent prête?—Non.—Est-ce pour fourniture de marchandise?—Non.—Est-ce pour services rendus?—Non. Mais il ne s'agit point de cela. J'en suis possesseur. Vous l'avez signée, et vous l'acquitterez.—Je ne l'ai point signée.—Je suis donc un faussaire?—Vous ou un autre dont vous êtes l'agent.—Je suis un lâche, mais vous êtes un coquin. Croyez-moi, ne me poussez pas à bout. Je dirai tout. Je me déshonorerai, mais je vous perdrai.» Le Juif ne tint compte de la menace; et le grison révéla toute l'affaire, à la séance qui suivit. Ils furent blâmés tous les deux; et le Juif condamné à payer la lettre de change, dont la valeur fut appliquée au soulagement des pauvres. Alors je me séparai de lui. Je revins ici. Quoi faire? car il fallait périr de misère, ou faire quelque chose. Il me passa toutes sortes de projets par la tête. Un jour, je partais le lendemain pour me jeter dans une troupe de province, également bon ou mauvais pour le théâtre ou pour l'orchestre; le lendemain, je songeais à me faire peindre un de ces tableaux attachés à une perche qu'on plante dans un carrefour, et où j'aurais crié à tue-tête: «Voilà la ville où il est né; le voilà qui prend congé de son père l'apothicaire; le voilà qui arrive dans la capitale, cherchant la demeure de son oncle; le voilà aux genoux de son oncle qui le chasse; le voilà avec un Juif, et cætera et cætera. Le jour suivant, je me levais bien résolu de m'associer aux chanteurs des rues; ce n'est pas ce que j'aurais fait de plus mal; nous serions allés concerter sous les fenêtres du cher oncle qui en serait crevé de rage. Je pris un autre parti.

Là il s'arrêta, passant successivement de l'attitude d'un homme qui tient un violon, serrant les cordes à tour de bras, à celle d'un pauvre diable exténué de fatigue, à qui les forces manquent, dont les jambes flageolent, prêt à expirer, si on ne lui jette un morceau de pain; il désignait son extrême besoin, par le geste d'un doigt dirigé vers sa bouche entrouverte; puis il ajouta: Cela s'entend. On me jetait le lopin. Nous nous le disputions à trois ou quatre affamés que nous étions; et puis pensez grandement; faites de belles choses au milieu d'une pareille détresse.

MOI.—Cela est difficile.

LUI.—De cascade en cascade, j'étais tombé là. J'y étais comme un coq en pâte. J'en suis sorti. Il faudra derechef scier le boyau, et revenir au geste du doigt vers la bouche béante. Rien de stable dans ce monde. Aujourd'hui, au sommet; demain au bas de la roue. De maudites circonstances nous mènent; et nous mènent fort mal.

Puis buvant un coup qui restait au fond de la bouteille et s'adressant à son voisin: Monsieur, par charité, une petite prise. Vous avez là une belle boîte? Vous n'êtes pas musicien?—Non.—Tant mieux pour vous; car ce sont de pauvres bougres bien à plaindre. Le sort a voulu que je le fusse, moi; tandis qu'il y a, à Montmartre peut-être, dans un moulin, un meunier, un valet de meunier qui n'entendra jamais que bruit du cliquet, et qui aurait trouvé les plus beaux chants. Rameau, au moulin? au moulin, c'est là ta place.

MOI.—A quoi que ce soit que l'homme s'applique, la Nature l'y destinait.

LUI.—Elle fait d'étranges bévues. Pour moi je ne vois pas de cette hauteur où tout se confond, l'homme qui émonde un arbre avec des ciseaux, la chenille qui en ronge la feuille, et d'où l'on ne voit que deux insectes différents, chacun à son devoir. Perchez-vous sur l'épicycle de Mercure, et de là, distribuez, si cela vous convient, et à l'imitation de Réaumur, lui la classe des mouches en couturières, arpenteuses, faucheuses, vous, l'espèce des hommes, en hommes menuisiers, charpentiers, couvreurs, danseurs, chanteurs, c'est votre affaire. Je ne m'en mêle pas. Je suis dans ce monde et j'y reste. Mais s'il est dans la nature d'avoir appétit; car c'est toujours à l'appétit que j'en reviens, à la sensation qui m'est toujours présente, je trouve qu'il n'est pas du bon ordre de n'avoir pas toujours de quoi manger. Que diable d'économie, des hommes qui regorgent de tout, tandis que d'autres qui ont un estomac importun comme eux, une faim renaissante comme eux, et pas de quoi mettre sous la dent. Le pis, c'est la posture contrainte où nous tient le besoin. L'homme nécessiteux ne marche pas comme un autre; il saute, il rampe, il se tortille, il se traîne; il passe sa vie à prendre et à exécuter des positions.

MOI.—Qu'est-ce que des positions?

LUI.—Allez le demander à Noverre, Le monde en offre bien plus que son art n'en peut imiter.

MOI.—Et vous voilà, aussi, pour me servir de votre expression, ou de celle de Montaigne, perché sur l'épicycle de Mercure, et considérant les différentes pantomimes de l'espèce humaine.

LUI.—Non, non, vous dis-je. Je suis trop lourd pour m'élever si haut. J'abandonne aux grues le séjour des brouillards. Je vais terre à terre. Je regarde autour de moi; et je prends mes positions, ou je m'amuse des positions que je vois prendre aux autres. Je suis excellent pantomime; comme vous en allez juger. Puis il se met à sourire, à contrefaire l'homme admirateur, l'homme suppliant, l'homme complaisant; il a le pied droit en avant, le gauche en arrière, le dos courbé, la tête relevée, le regard comme attaché sur d'autres yeux, la bouche entrouverte, les bras portés vers quelque objet; il attend un ordre, il le reçoit; il part comme un trait; il revient, il est exécuté; il en rend compte. Il est attentif à tout; il ramasse ce qui tombe; il place un oreiller ou un tabouret sous des pieds; il tient une soucoupe, il approche une chaise, il ouvre une porte; il ferme une fenêtre; il tire des rideaux; il observe le maître et la maîtresse; il est immobile, les bras pendants; les jambes parallèles; il écoute; il cherche à lire sur des visages; et il ajoute: Voilà ma pantomime, à peu près la même que celle des flatteurs, des courtisans, des valets et des gueux.

Les folies de cet homme, les contes de l'abbé Galiani, les extravagances de Rabelais, m'ont quelquefois fait rêver profondément. Ce sont trois magasins où je me suis pourvu de masques ridicules que je place sur le visage des plus graves personnages; et je vois Pantalon dans un prélat, un satyre dans un président, un pourceau dans un cénobite, une autruche dans un ministre, une oie dans son premier commis.

MOI.—Mais à votre compte, dis-je à mon homme, il y a bien des gueux dans ce monde-ci; et je ne connais personne qui ne sache quelques pas de votre danse.

LUI.—Vous avez raison. Il n'y a dans tout un royaume qu'un homme qui marche. C'est le souverain. Tout le reste prend des positions.

MOI.—Le souverain? encore y a-t-il quelque chose à dire? Et croyez-vous qu'il ne se trouve pas, de temps en temps, à côté de lui, un petit pied, un petit chignon, un petit nez qui lui fasse faire un peu de la pantomime? Quiconque a besoin d'un autre, est indigent et prend une position. Le roi prend une position devant sa maîtresse et devant Dieu; il fait son pas de pantomime. Le ministre fait le pas de courtisan, de flatteur, de valet ou de gueux devant son roi. La foule des ambitieux danse vos positions, en cent manières plus viles les unes que les autres, devant le ministre. L'abbé de condition en rabat, et en manteau long, au moins une fois la semaine, devant le dépositaire de la feuille des bénéfices. Ma foi, ce que vous appelez la pantomime des gueux, est le grand branle de la terre. Chacun a sa petite Hus et son Bertin.

LUI.—Cela me console.

Mais tandis que je parlais, il contrefaisait à mourir de rire, les positions des personnages que je nommais; par exemple, pour le petit abbé, il tenait son chapeau sous le bras, et son bréviaire de la main gauche; de la droite, il relevait la queue de son manteau; il s'avançait la tête un peu penchée sur l'épaule, les yeux baissés, imitant si parfaitement l'hypocrite que je crus voir l'auteur des Réfutations devant l'évêque d'Orléans. Aux flatteurs, aux ambitieux, il était ventre à terre. C'était Bouret, au contrôle général.

MOI.—Cela est supérieurement exécuté, lui dis-je. Mais il y a pourtant un être dispensé de la pantomime. C'est le philosophe qui n'a rien et qui ne demande rien.

LUI.—Et où est cet animal-là? S'il n'a rien il souffre; s'il ne sollicite rien, il n'obtiendra rien, et il souffrira toujours.

MOI.—Non. Diogène se moquait des besoins.

LUI.—Mais, il faut être vêtu.

MOI.—Non. Il allait tout nu.

LUI.—Quelquefois il faisait froid dans Athènes.

MOI.—Moins qu'ici.

LUI.—On y mangeait.

MOI.—Sans doute.

LUI.—Aux dépens de qui?

MOI.—De la nature. A qui s'adresse le sauvage? à la terre, aux animaux, aux poissons, aux arbres, aux herbes, aux racines, aux ruisseaux.

LUI.—Mauvaise table.

MOI.—Elle est grande.

LUI.—Mais mal servie.

MOI.—C'est pourtant celle qu'on dessert, pour couvrir les nôtres.

LUI.—Mais vous conviendrez que l'industrie de nos cuisiniers, pâtissiers, rôtisseurs, traiteurs, confiseurs y met un peu du sien. Avec la diète austère de votre Diogène, il ne devait pas avoir des organes fort indociles.

MOI.—Vous vous trompez. L'habit du cynique était autrefois, notre habit monastique avec la même vertu. Les cyniques étaient les carmes et les cordeliers d'Athènes.

LUI.—Je vous y prends. Diogène a donc aussi dansé la pantomime; si ce n'est devant Périclès, du moins devant Laïs ou Phryné.

MOI.—Vous vous trompez encore. Les autres achetaient bien cher la courtisane qui se livrait à lui pour le plaisir.

LUI.—Mais s'il arrivait que la courtisane fût occupée, et le cynique pressé?

MOI.—Il rentrait dans son tonneau, et se passait d'elle.

LUI.—Et vous me conseilleriez de l'imiter?

MOI.—Je veux mourir, si cela ne vaudrait mieux que de ramper, de s'avilir, et se prostituer.

LUI.—Mais il me faut un bon lit, une bonne table, un vêtement chaud en hiver; un vêtement frais, en été; du repos, de l'argent, et beaucoup d'autres choses, que je préfère de devoir à la bienveillance, plutôt que de les acquérir par le travail.

MOI.—C'est que vous êtes un fainéant, un gourmand, un lâche, une âme de boue.

LUI.—Je crois vous l'avoir dit.

MOI.—Les choses de la vie ont un prix sans doute; mais vous ignorez celui du sacrifice que vous faites pour les obtenir. Vous dansez, vous avez dansé et vous continuerez de danser la vile pantomime.

LUI.—Il est vrai. Mais il m'en a peu coûté, et il ne m'en coûte plus rien pour cela. Et c'est par cette raison que je ferais mal de prendre une autre allure qui me peinerait, et que je ne garderais pas. Mais, je vois à ce que vous me dites là que ma pauvre petite femme était une espèce de philosophe. Elle avait du courage comme un lion. Quelquefois nous manquions de pain, et nous étions sans le sol. Nous avions vendu presque toutes nos nippes. Je m'étais jeté sur les pieds de notre lit, là je me creusais à chercher quelqu'un qui me prêtât un écu que je ne lui rendrais pas. Elle, gaie comme un pinson, se mettait à son clavecin, chantait et s'accompagnait. C'était un gosier de rossignol; je regrette que vous ne l'ayez pas entendue. Quand j'étais de quelque concert, je l'emmenais avec moi. Chemin faisant, je lui disais: «Allons, madame, faites-vous admirer; déployez votre talent et vos charmes. Enlevez. Renversez.» Nous arrivions; elle chantait, elle enlevait, elle renversait. Hélas, je l'ai perdue, la pauvre petite. Outre son talent, c'est qu'elle avait une bouche à recevoir à peine le petit doigt; des dents, une rangée de perles; des yeux, des pieds, une peau, des joues, des tétons, des jambes de cerf, des cuisses et des fesses à modeler. Elle aurait eu, tôt ou tard, le fermier général, tout au moins. C'était une démarche, une croupe! ah Dieu, quelle croupe!

Puis le voilà qui se met à contrefaire la démarche de sa femme; il allait à petits pas; il portait sa tête au vent; il jouait de l'éventail; il se démenait de la croupe; c'était la charge de nos petites coquettes la plus plaisante et la plus ridicule.

Puis, reprenant la suite de son discours, il ajoutait: Je la promenais partout, aux Tuileries, au Palais Royal, aux Boulevards. Il était impossible qu'elle me demeurât. Quand elle traversait la rue, le matin, en cheveux, et en pet-en-l'air; vous vous seriez arrêté pour la voir, et vous l'auriez embrassée entre quatre doigts, sans la serrer. Ceux qui la suivaient, qui la regardaient trotter avec ses petits pieds; et qui mesuraient cette large croupe dont ses jupons légers dessinaient la forme, doublaient le pas; elle les laissait arriver; puis elle détournait prestement sur eux, ses deux grands yeux noirs et brillants qui les arrêtaient tout court. C'est que l'endroit de la médaille ne déparait pas le revers. Mais hélas je l'ai perdue; et mes espérances de fortune se sont toutes évanouies avec elle. Je ne l'avais prise que pour cela, je lui avais confié mes projets; et elle avait trop de sagacité pour n'en pas concevoir la certitude, et trop de jugement pour ne les pas approuver.

Et puis le voilà qui sanglote et qui pleure, en disant:

Non, non, je ne m'en consolerai jamais. Depuis, j'ai pris le rabat et la calotte.

MOI.—De douleur?

LUI.—Si vous le voulez. Mais le vrai, pour avoir mon écuelle sur ma tête . . . Mais voyez un peu l'heure qu'il est, car il faut que j'aille à l'Opéra.

MOI.—Qu'est-ce qu'on donne?

LUI.—Le Dauvergne. Il y a d'assez belles choses dans sa musique; c'est dommage qu'il ne les ait pas dites le premier. Parmi ces morts, il y en a toujours quelques-uns qui désolent les vivants. Que voulez-vous? Quisque suos patimur manes.

Mais il est cinq heures et demie. J'entends la cloche qui sonne les vêpres de l'abbé de Canaye et les miennes. Adieu, monsieur le philosophe. N'est-il pas vrai que je suis toujours le même?

MOI.—Hélas oui, malheureusement.

LUI.—Que j'aie ce malheur-là seulement encore une quarantaine d'années. Rira bien qui rira le dernier.

Lightning Source UK Ltd.
Milton Keynes UK
UKHW022021151021
392300UK00002B/164